我得了一種她不哭就會死的病

啞鳴—著
Ooi Choon Liang—繪

二〇一二年，傳說中的世界末日。

公誠大學男舍三區的某間寢室中。

耀元在發光。

白色的光。

一早醒來，他坐在床邊，透過附於衣櫃內的全身鏡，凝視著發光的自己。

一定是眼花了、一定是眼睛出了問題，他用力地按壓緊閉的眼皮，然後睜開，先低頭看向大腿、腳邊的礦泉水瓶、滿地的髒衣服、半闔的窗戶、剛粉刷的牆、凌亂的桌、映出發光怪物的全身鏡……是的，不管怎麼轉換視線，鏡內的怪物依然發出淡淡的白光，不可改變的事實。

一般的情況下，見到超自然的現象，會感到恐懼、驚慌、不知所措，但是這個超自然的現象是自己的話，耀元覺得有些想笑。

荒唐到想笑。

短而凌亂的黑髮、白白淨淨的臉龐、不高不瘦不胖不矮的中等身材，鏡中的人耀元已經看了整整二十年，卻在如夢似幻淡淡白光中，變得格外地陌生……

這是長得很像張耀元的怪物。他滿腦子不斷複誦著這個想法。

光芒是從皮膚發出，有漸層性的閃變，時強時弱狀態並不穩定，光源最強的部位在胸口，朝頸部與四肢的方向遞減……不幸中的大幸，讓耀元鬆一口氣，這表示臉部、手掌、腳掌不會發光，比較容易掩蓋過去。

然而，究竟是發生什麼事？

他很肯定昨天跟學長的團，去ＫＴＶ唱歌的時候還不會發光，怎麼會喝了點小酒，回寢室睡了一晚，忽然就成為怪物？ＫＴＶ就是ＫＴＶ，又不是日本大地震造成輻射外洩的福島發電廠，沒道理喝了三罐啤酒就出現突變吧？

無法想像。

耀元的怪異性格使然，很快就接受自己成為怪物的現實，情緒上沒有過度的波動、沒有哭天喊地情緒崩潰，他只是靜靜地坐在原處，彷彿人會發光是種自然現象，就跟毛毛蟲遲早變成蝴蝶一樣。

與其說是釋懷，不如說是無計可施，不釋懷也不行。

「還好是我，如果是別人，一定會很困擾吧。」

他的喃喃自語，馬上被寢室劇烈的敲門聲蓋過。

這裡是公誠大學的學生宿舍，住的自然是公誠大學的學生，原本雙人的寢室因為室友搬走暫時變成單人房，外頭敲門的人九成是住在隔壁的鄰居或是急借講義的同學。

在炎熱的夏天、在急促的敲門聲中……耀元不疾不徐地翻出三件長袖衣物穿上，確認白光都被遮住才打開房門。

一道身影側身閃了進來，反客為主地關上門，一切是那麼地理所當然。

出乎意料的人，不是鄰居、不是同宿舍的同學，甚至不是男的。

「妳是誰？」耀元開口探問，一樣地波瀾不驚。

年紀輕輕、可能是高中生或是大一新生的少女，像是在展現自己的藍色短髮，誇張地甩頭，一對釘在耳垂的耳環，分別是黑色的、白色的，在日光燈下閃耀，過度矯作的登場動作產生與男舍格格不入的形象。

「我是來自未來的救世主。」

說完驚人的宣言，少女的嘴角彎起剛剛好的親切弧度，多一分浮誇、少一分心虛，近乎完美的笑容。

「嗯。」耀元應了聲。

「你不驚訝嗎？」

「不會。」

「很好，哈哈哈，我就知道你是個開明的人，虧我為了這句開場白練習一百多……沒事、沒事，你相信我就好，哈哈哈哈。」少女雙手扠腰，昂首大笑幾聲，心中悄悄鬆一口氣。

「喂，是校警室嗎？男舍這邊有個可疑分子……」耀元已經拿起室內對講機。

「我才不是什麼可疑分子，把電話給我放下！」

「嗯，我知道，我相信妳。」耀元對少女假笑，再淡淡地朝話筒說：「我會先拖住她，快點派人過來。」

「我全部都聽到了啦！」少女又氣又急，想起自己費盡千辛萬苦好不容易找到這，要是真的被校警抓走就前功盡棄了。

「小姐。」耀元按住話筒，給予最後的通牒，「不管是傳教還是傳銷，快離開吧。」

「你發光了，對不對？」少女只能孤注一擲。

「……」

「皮膚忽然發出了光芒，我猜猜，是白色的，對吧？」

「……」

「難道你還不明白嗎？現在是二〇一二年喔！」

耀元一面凝視她、一面對校警致歉道：「……抱歉，原來是朋友的惡作劇，害我搞錯了，對不起，沒事。」

「馬雅日曆預言世界將於二〇一二年冬至日毀滅，你絕對知道吧？我相信新聞、網路、心電通訊都在討論世界末日的問題吧？」

「是。」耀元如實應答，二〇一二年世界末日的說法持續好幾年，甚至還有相關的書籍、小說、電影，但沒聽過心電通訊這種東西。

「其實這是假的。」

「嗯。」

「世界並沒有毀滅。」少女的笑容逐漸凝固，清澈的雙眸流動著無法掩飾的哀傷，「頂多只能說是接近毀滅……」

「妳有特別指定的醫生或醫院嗎？」耀元貼心地拿出手機詢問：「還是給我家人的電話號碼？」

「不要當我是神經病！」少女氣急敗壞地阻止，「把你的手機給我放下！」

整間寢室充滿莫名其妙的氛圍，身體會發光的少年與自稱來自未來的少女僵持著，兩人沒有動作，只是互相觀察，想從對方的一舉一動當中，推敲出對方心裡在想些什麼。

寂靜。

直到少女的肚子發出不爭氣的轆轆之聲，咕嚕嚕～

寂靜中頓時有了幾分戲謔。

少女撇過頭去，藍色的髮絲遮掩住血色的紅暈，顧左右而言他地說：「如、如果……你願意請我吃飯的話，救你一命也不是不行……」

「餓了？」

「才不是餓，是時空穿越消耗太多能量而已，等一下就、就會自動恢復。」

「泡麵，吃嗎？」耀元收回手機，從床底翻出一碗，未拆封。

「這……這碗是什麼東西？」

「還在演？那就算了。」

「等一等，就吃這個，不要收回去。」

「妳在這等我。」耀元拆開泡麵包裝，準備走去茶水間取熱水。

看著他準備出門的背影，少女雙手握拳，雙眸的波光流動，以無人能聽見的音量低聲自語：「為了報答你，我一定會拯救你的。」

「對了，妳叫什麼名字？」耀元停下腳步，回頭。

「藍云。」藍髮的少女如此回答。

在耀元眼中，擁有藍色短髮自稱叫藍云的少女，九成是離家出走的問題兒童，大概昨晚在KTV相中了一群看起來就很單純的大學生，想藉機使用美人計騙吃騙喝，卻意外發現其中有一個會發光，乾脆編個故事看能不能騙到更多吃更多喝。

她狼吞虎嚥的樣子有一點可憐，像是餓了好幾頓沒吃，把泡麵吃得有如山珍海味。

姑且不論她有什麼企圖，請吃一碗泡麵的損失無所謂。

聆聽一個科幻故事……也無所謂。

耀元坐在床邊，少女捧著熱呼呼的麵，在端午節都過去的暑日，一滴汗都沒流……

「妳是怎麼知道我會發光的？」

「在未來，沒有人不知道張耀元會發光。」

「為什麼？」

「因為你是『光紋肌肉溶解症』的第一號患者，這個病肆虐整整一個世代，西元二〇一二年之後，地球人口少掉三分之二，整個世界陷入水深火熱，說是『滅絕』也不誇張……」藍云停下筷子，低頭注視著混濁的湯汁，彷彿未來如湯汁般一片混沌。

「這是哪部電影的劇情？」

「我也很希望……這是電影劇情……」她抬起頭，慘澹地苦笑。

「所以妳就搭乘時光機，模仿哆啦A夢，穿越時空來拯救我嗎？」

「是神明聽見我的祈求……選定我成為救世主，挽救即將滅絕的世界。」

「一下子科幻、一下子奇幻，這樣的世界觀沒有問題嗎？還有，妳為什麼不乾脆請求神明解救世界呢？」

「神明不是派我來了嗎？」藍云很正經地說出很荒謬的話。

原本耀元想從故事當中，找到邏輯上的矛盾，進而破解她的說詞，沒想到一切矛盾都被她推給了神明這種不可質疑、不可追究的存在，根本就是萬無一失、無懈可擊的架構。

不過，越是無懈可擊，耀元越覺得不像是真的。

「先不管神明了，妳知道怎麼治癒光、光……什麼肌肉症的……」

「是光紋肌肉溶解症，簡稱『光溶症』，我懂舊時代的人不能理解這種病的恐怖。」藍云將泡麵碗放在腳邊，正襟危坐地解釋，「我用山頂洞人也能明白的例子說明吧，得到光溶症的人就像一輛漏油的汽車，不管怎麼加油，汽油始終都會漏光失去動力，也就是說光溶症會令維持人類生命的能量，不停地從毛細孔散失，患者遲早會精盡人亡。」

「……請用油盡燈枯這個成語。」

「反正一樣意思。」

「那好，請問該怎麼樣治癒光溶症呢？」

「嗯，你問到重點了，很棒。」

「謝謝。」

「在二〇三一年，我們終於研究出治癒光溶症的辦法了，估計只要治癒你這個末日之源，杜絕光溶症後續的傳染蔓延，人類就能過著幸福快樂的日子。」藍云彷彿說完一個HAPPY END的童話故事，不禁嚮往地微笑，沒有一絲虛假。

「妳還是沒說出重點。」

「需要一種特殊鹽分提煉出的精華。」

「鹽？」耀元開始好奇了，「哪來的鹽？」

「眼淚。」

「……」

「你沒聽錯，是眼淚的鹽分。」

「所以我現在要哭嗎？」

「你的眼淚沒用，要特定雌性的眼淚。」藍云壓低說話聲，猶如在公開價值連城的商業機密，「經過超級電腦的基因演算，在二〇二二年擁有解藥基因的女人名為『何子緣』……」

「……」耀元的死板表情突然起了很大的變化。

其劇烈的程度，連藍云都嚇一跳。

那個神情不像憤怒、不像糾結、不像苦澀……卻像憤怒、糾結與苦澀的聚合體。

「我、我們不過是需要她的眼淚，又不是要殺掉她……」藍云講得更清楚。

「……我重新整理一下妳剛剛說的，人類未來會毀滅於我的怪病，所以神明讓妳從未來穿越到過去，取得子緣，不，取得何子緣的眼淚，以拯救全世界。」耀元收斂起表情，淡淡地重整整個來龍去脈。

「沒想到山頂洞人也有這種理解力，很棒喔。」

「……」無話可說的耀元蹲在她旁邊，打算收起泡麵碗。

但藍云搶先一步，端起碗一口氣把裡面的殘湯喝光。

「妳確定不是哆啦A夢的劇情嗎？」

「絕對不是。」

「妳幾歲？」

「十六歲。」

「好，十六歲也算個大人了，現在是二〇一二年，並不是民智未開的時代，妳怎麼會認為有人會相信這種虛構的故事？」耀元將保麗龍碗扔進垃圾桶中，「吃飽就快點回家吧，不要再自欺欺人了。」

藍云站了起來，不滿地說：「難道你一定要親眼見到幾十億人死去，然後在懊悔中相信我嗎？」

「妳有什麼證據？」

「你就是我的證據！」藍云衝了過去，一把拉開耀元的上衣。

旋即，白色的光芒填滿整個寢室，證明無稽之談或許不是那麼無稽。

白光以一種血液流動的方式，在四周的牆映耀形成波光粼粼的效果，無法言喻的弔詭在拉開上衣的瞬間，不可抑止地蔓延開來，有如光溶症在全世界散播的縮影。

耀元客氣地挪開她不客氣的手，將衣物拉回穿好，白光被兩層黑色的布料遮蔽，不可思議的狀況消失。

「先不管妳說的是真是假，關鍵是我不太在乎。」

「不、不在乎？」

耀元打開寢室的門，送客的意思明顯。

「嗯，我覺得這個世界毀滅了也沒關係。」

今天下午，子緣沒有課，耀元也沒有課。

她聽著CD隨身聽，依五月天名曲〈離開地球表面〉的節奏，踏出相同輕快的腳步，沒有目標地在校園內閒晃，美其名是飯後的減肥活動，實際上是想推掉朋友的邀約，為自己空出一點個人時間，與自己最愛的偶像為伴。

米白色的短袖襯衫與卡其色的帆布鞋配對，黑色的長裙與黑色的長髮配對，子緣是個讓任何人看起來都感到舒服的女生，協調的衣著以及協調的肢體動作，總是會令後方跟蹤的耀元迷惘……

為什麼這個世界會有這麼恰到好處的存在？

一隻斑紋古怪的野貓在這個時刻破壞了整個畫面，子緣拔掉耳機，抱起本該凶巴巴的動物，湊到臉面前仔細觀察，看牠是不是新來的貓咪。

「我沒見過你欸，第一次跑來公誠大學嗎？」

「喵～」

野貓本身無法回應，子緣本身也無法聽懂，於是她放下野貓，任由牠緊張兮兮地逃走。

她繼續走，耀元繼續跟蹤，在他們走過林蔭大道時，發現有個少女側躺在路邊的長椅上。

子緣以為是午睡的學生，沒有多看就走了過去。

耀元卻放慢了腳步，讓跟蹤的目標走遠，注意力集中在少女身上。沒辦法，畢竟那頭藍色且有著金屬光澤的短髮實在是太過搶眼，要不注意很困難。

他大概猜得出來，藍云昨天被自己請出寢室後，就直接在長椅上睡了一晚，還好現在天氣熱並沒有冷死人的問題，預計再待個一晚，受不了露宿痛苦的少女就會乖乖回家。

再不然，新聞說這兩天會有個颱風，到時不管多倔強的孩子都會低頭，回到能遮風避雨的地方。

眼見子緣走遠了，耀元趕緊追上去。

他們不疾不徐地走在公誠大學怡然的校園內，漫無目的，只是率性地走著。到了文學院的範圍，子緣開始遇見認識的同學，不得不關掉CD隨身聽，一一親切地打著招呼。

剛剛那隻野貓恰巧再度走過，只是這次躲得很遠，免得再次被抱起來。

短暫的寒暄結束，上課鐘準時響起，下午還有課的同學回教室聽課，沒課的子緣也結束散步行程，開始往校門口走去，準備回自己租的套房讀書。

耀元頂多跟到這了，再繼續就是跟蹤狂的範疇了，他自認自己絕對不是跟蹤狂，只是，美好的時光結束，心情難免變得有些失落，胸口空蕩蕩的，身體沉甸甸的。

停步，他得目送子緣的背影。

不過另一道熟悉的身影巧妙地出現在校門前，像是早有預謀在此埋伏。

遠遠地，耀元就認出前夜帶隊的學長正在跟子緣打招呼，假意塑造出不期而遇的模樣，用他得天獨厚的帥氣臉蛋與豪爽的語氣邀約。

耀元並沒有特別的想法，整個系都知道這位宗岳學長很喜歡子緣，大家也說他們是郎才女貌遲早會在一起。

他距離他們很遠，頂多能看見一些肢體動作，無法聽見對話。

「學妹，我下午沒課，剛好朋友的桌遊店新開幕，要不要去試玩看看？」

「我喜歡桌遊。」

「哈哈，我知道呀，趁颱風來之前去玩玩。」

「只是……我現在正進行某個作業。」子緣漾起一個和藹的笑。

身為學長、身為系上的風雲人物、身為各種活動的主辦人，宗岳見過無數比子緣更美的女孩子，更妖豔、更性感的都有，但依然在子緣的笑容中融化，不自然地說：

「什麼作業，我、我都可以幫忙。」

「這個你幫不了。」

「不說說看，怎麼知道？」

「我……我在誘捕……」子緣將髮絲勾至耳際，讓左眼的視線不受阻，同時若有似無地往左後方一瞥，隨後神秘地抿起唇，整個過程微小到連身前的學長都沒有察覺。

「誘捕什麼？」宗岳只注意到她瞇起一雙丹鳳眼。

「到底是什麼？」

子緣笑而不答。

「等捕到了才能確認喔。」

「怎麼捕？」

「我在引誘，看會不會跟到我家去。」

「什麼意思？」宗岳變得有些焦躁。

「嘿，又抓到你了！」子緣束起裙尾，俐落地往旁邊一跳，居然真的捕獲第三次意外路過的野貓，「這是我們見第三次面唷。」

不知道是餓太久還是過於震驚的野貓，一動也不動地被人類抱在胸前。

「原來妳是說貓啊，我還以為、以為是……」

「以為是什麼？」

「不，沒事。」宗岳恢復瀟灑的表情，重新邀約道：「誘捕成功了，現在可以跟我去了吧？」

「抱歉，學長，其實這隻貓是被巫女詛咒的王子，牠必須遇見與其有特殊緣分的女孩，才有辦法變回原本帥氣的樣子，所以我得跟牠締結一個生生世世的主僕合約。」子緣高舉起野貓，動作有幾分俏皮，「先安置這個傢伙要緊。」

「……學妹，我知道妳擁有很棒的說故事天分，也非常有愛心，可是校區內的流浪貓不知道有多少，妳有辦法每隻都安置嗎？」

「沒辦法，我沒那麼偉大。」

「就是說嘛，不如放牠自由吧。」

「可是這傢伙不一樣。」子緣揉揉野貓的肚子，笑道：「我深信，不經意地相遇三次，就代表彼此有緣分，存在著一種特殊的牽絆。」

「和妳的名字……」

「是呀，呵呵。」

「那我可以一起去嗎？替貓找個安置的地方。」

「當然歡迎啊，學長。」

兩個人達成協議，有默契地相識一笑，帶著一隻貓往校外走去。

依然待在遠處窺視的耀元，只是默默地回頭，結束既定的行程。

像執行某種固定的儀式，理所當然地開始，理所當然地結束，內心毫無波瀾地往學校附設的男生宿舍前進，甩掉學長與子緣相談甚歡的身影，尋思著今天的晚餐該吃什麼，自然而然地刻意注意路過的學生餐廳。

藍云就站在餐飲系開的蛋糕店前面，一臉哀怨地觀望著玻璃櫥窗後的金黃色麵包。

耀元一直覺得麵包店的某些設置心機很重，會以保溫的名義在麵包上照射橙色的光，給消費者一種「看起來就好好吃」的心理暗示，再加上絕對不抽乾淨的濃郁煙氣，在視覺、嗅覺都給予雙重刺激……實在相當殘忍，對肚子餓的人進行猛烈攻擊，會造成痴呆、眼神渙散、狂嚥口水，甚至羞恥的嚴重後果。

比方說，此刻的藍云。

估計她昨晚吃完泡麵，之後的早餐、午餐都沒錢吃吧？

耀元猜測，而且正確。

是不是見到她第三次了呢？

耀元不必猜，心裡就有答案。

「欸，妳要不要吃泡麵？」

「……」藍云詫異地回頭，隨即釋然地說：「對於發光，你終於感到恐懼了吧？」

「有一點。」

「知道怕就好，這樣子好了，你提供我食宿，我救你一條小命，要嗎？」

「不了，我那邊是男舍。」

「放心，我一定會躲得很好，進出都從窗戶，等治癒你的病就走。」

「不了……」

「喂，怎麼看都是你賺到吧。」藍云不滿這種拒絕。

「我能做的，就是讓妳暫時不要餓死。」耀元一邊搖頭、一邊走進麵包店，隨隨便便買了幾個麵包，像是在自言自語。

天空中的雲，漸漸有些凌亂，像是有龐然大物，正朝著這裡壓迫而來，空氣中的風，有了轉強的跡象，彷彿隱藏了名為不安的躁動。

很明顯感覺得出來，附近的腳步聲急促，依稀聽見的對談，內容都是防颱的詢問，耀元沒辦法想像，這兩天如果藍云依然倔強沒回家，也沒找到一個棲身之所的話，會身處在多高的風險環境中。

二〇一二年的台灣，將面臨泰利颱風的侵襲。

「我的寢室是雙人房，上鋪的同學突然休學，所以有了空床。」

雖然藍云不是第一次到訪，但耀元還是向她解釋前因後果。

「這裡是男生宿舍，如果被人發現妳的存在，我會有嚴重的後果，請妳平時乖乖待在房內，不要隨便開門、不要隨便出聲，這些基本的日常用品給妳，如果有缺再告訴我。」

「……」

「再來，因為男女有別，上鋪我裝了圍簾，妳平時可以拉上。」

「……」

「最後，颱風一走，就請妳搬出去吧，看是要回家，還是去朋友家都好。」

「……」

「妳到底有沒有聽我說話？」

「沒有。」

「妳還真敢講。」

「我還沉浸在感動的餘韻中。」

藍云直挺挺地躺在自己的床位，雙眼也直直地望著天花板，這個小小的空間，已經是這幾天躺過最舒適的位置，明明就是很簡單的宿舍，卻莫名其妙得到很滿足的歸屬感。

「你知道我付出什麼代價才找到你嗎？」

「不知道。」

「嗯，你不可能知道的。」

「別故弄玄虛了，我根本不相信妳編的故事。」耀元拉上圍簾，與她之間有了隔閡。

「你不信也不行。」藍云拉開圍簾，硬是消除了隔閡。

「……」耀元捲開袖子，看著不可思議的白光，似乎真如藍云所講，不信也不行。

「謝謝……」藍云坐了起來，雙腳垂在上鋪外晃盪，輕聲地說：「她果然沒有看錯人。」

「什麼？」

「沒有，我是說很感激……你給我的這些東西。」她匆忙地打開枕頭旁的塑膠袋，翻出耀元剛剛買回來的日常生活用品，「咦？這根長長的，上面有毛的東西是什麼？」

「牙刷。」

「這要怎麼使用？」

「塞進嘴巴裡面，前前後後，直到出現白色……」

「……你是在性騷擾嗎？」

「牙刷就是這樣用的。」

「沒有電動潔牙球嗎？就是含在口中，就會自動清潔牙齒。」

「我只聽過潔牙骨，是狗在用的。」

「……你是不是在偷罵我？」

「其實就算妳一直追加這種設定，我還是不會相信妳是未來人。」

「算了，我要睡覺！」覺得受委屈的藍云倒頭就躺，虧自己剛剛充滿了謝意，沒想到這個男人始終在嘲諷。

「晚餐不吃了嗎？」耀元拿出摺疊桌，在書桌與床鋪之中的空間架起，擺上去剛剛買的兩份虱目魚便當。

「不刷完牙再睡可不行呢。」藍云彈了起來，自動地跪坐在摺疊桌邊，「吃完晚餐，剛好刷牙。」

這對認識不到二十個小時的男女，面對面地吃起便當，各自有著各自的心思。耀元覺得自己會收留這個女孩，比自體發光更不可思議，徹底違反過去「參與但不熱心、交友但不交心」的人際關係模式。

是因為子緣收留那隻貓的關係嗎？又或者是藍云總有一種莫名熟悉的親切感呢？他很困惑。

另一邊的藍云也很困惑，為什麼魚肉裡面這麼多尖尖、硬硬的物體呢？硬要咬碎是不成問題，可是數量未免太多了吧？這種魚是基因突變嗎？好多、好利……嚼到嘴巴好痛……

不能不吃、絕對不能捨棄，要是浪費掉，下一次的營養補給又不知道會等多久，能多吃就盡量多吃，之前餓肚子的日子實在太過痛苦，相較之下，吃基因突變的魚也不算什麼。

「這家的虱目魚都沒有刺嗎？」耀元看向自己完整的魚排，再看藍云吃剩的半塊。

「……有刺。」藍云的眼眶泛紅。

「妳為什麼不吐出來？」

「我以為可以吃啊，你為什麼不早講！」

「這不是常識嗎？」

「你不覺得在一個餐盤內有著不可食用的東西，才違反正常邏輯嗎？不能吃的東西就不該出現在餐盤內呀，這才是常識！」

「……」耀元語塞。

「我那個時代的魚，體內絕對沒有傷害人體的利器。」藍云翻開嘴唇，一個剛被刺破的小洞。

估計是有錢人家的孩子，吃的魚都經過處理，所以才不知道魚刺，之前耀元在網路上看過一則笑話，很多不諳世事的孩子以為香蕉是圓片形、西瓜是紅、黃兩色的。

當笑話變成現實，他反而笑不出來了，默默接過藍云的筷子與便當，專注地將魚塊內的刺一一挑出，順便把幾顆蛤蠣的殼去掉，以免待會有人直接吞進去。

藍云的雙手夾在雙腿內，全神貫注地觀察著神奇的挑刺工作，連大氣都不敢一喘，彷彿在欣賞著精妙的工藝。

耀元熟練地除掉刺，魚肉幾乎還保持原本的模樣，便將筷子交還給原主人，繼續吃自己的晚餐，並且提醒自己，以後不要再買這種便當、不要替自己找麻煩。

「謝謝……」

「妳剛剛也說謝謝，然後就生氣了，還說我性騷擾。」耀元扒著飯，連眼皮都沒抬。

「那、那是一碼歸一碼。」藍云的臉蛋微紅，也低下頭，用最快的速度把晚餐吃完。

還沒八點，她已經吃飽飯、洗完澡、刷完牙，躺在自己的專屬床位睡了，如置天堂般，在舒適、安全、乾淨的環境中沉沉地睡去，甚至發出幸福洋溢的鼾聲，干擾在書桌前讀書的耀元。

耀元放下筆，雙手抱胸，思索的不是講義上的問題，而是光溶症與藍云的關係。先假設她說的是謊言，根本沒有什麼未來少女，那她這樣不顧危險、毫無防備地與陌生男子同處一室的目的是什麼？

再假設，人類的科技會持續進步，總有一天進步到發明時光機也不足為奇的程度，那這樣的話，有個少女回到過去，是不是很有可能發生？

那藍云的目的是什麼？真的是救世主，回到二〇一二年，拯救即將毀滅的世界嗎？

他瞄了一眼鬧鐘，發現此刻已是半夜十二點，闔上書，關掉燈，慢慢地躺上床，同時得到一個結論，「救世主這種重責大任，不太可能交給未成年，還有點傻裡傻氣的女孩」。

凌晨一點。

藍云睡眼惺忪地下了床，耀元趕緊閉上眼睛假睡。

她順手替他蓋上棉被，然後上完廁所，躡手躡腳地爬回床鋪。

凌晨兩點四十五分。

發現自己是第一次跟男人睡在同一張床的藍云失眠了，探頭，看見耀元又沒蓋被子。她下來，再度替他蓋好被子。

凌晨五點十七分。

已經徹底睡不著的藍云，乾脆放棄睡眠，下了床，瞧見耀元竟然又不蓋棉被，碎唸道：「這種落後地方，又沒有全天候的溫控系統，這笨蛋萬一著涼感冒就糟糕了。」

她第三度替他蓋妥被子，並賭氣地坐在書桌前，一邊等待太陽東升、一邊執拗地等待某個笨蛋什麼時候踢棉被。

被熱到完全睡不著的耀元，終於明白跟人同居所要遭受的苦痛。

外頭的風雨漸強，颱風初露崢嶸。

正在融入新生活的藍云，拿了耀元的T恤來穿，過長的部分就綁起來，露出纖細的腰，過寬的部分則無解，只能任其滑落露出左肩；至於下半身的短褲，聽說是耀元從舊衣回收撿回來的，她抗議歸抗議，還是只能穿上，意外覺得舒適。

雖然共同生活在一個小小的空間，才經過短短的幾十個小時，他們卻各自找到棲息之地，自發性地劃出男女授受不親的範圍，藍云睡在上鋪，舉凡衣櫃上、書櫃上、釘在牆上的置物架，寢室的上半部區域，都是她的地盤，像貓一般地活動。

下方，則是耀元的活動區域。

他裸著上半身，發出淡淡的白光，讓關掉燈的寢室有最低的亮度。

「好無聊喔……」上鋪的藍云傳來抱怨。
「妳真把我這當成飯店嗎？」下鋪的耀元淡淡地說。
「我記得這個落後的時代還有電視機這種古董吧？」
「沒買。」
「居然連電視都沒有，不愧是山頂洞人。」
「我只有筆記型電腦。」
「這個時代已經有電腦了嗎？好先進！」
「算了，當我沒說。」
「對不起啦，請借給我。」
耀元從書桌的抽屜內，拿出新買不久的筆記型電腦，舉手放在上鋪，自己又坐回去下鋪。
得到打發時間的工具，藍云迫不及待地開機使用，發出一連串的感嘆與驚呼，「是傳說中的系統ｗｉｎ７欸」、「記憶體只有８Ｇ，一下子就超過負荷了吧」、「啊沒有眼球動態追蹤好難用」、「雅虎奇摩？這是什麼入口網站？第一次見到」、「喔喔喔喔喔是五月天，天啊，瑪莎好年輕，呵呵」，諸如此類的妄語。
非常後悔把筆電借她的耀元雙手按住耳朵。
「大哥，我還有一個要求。」
「拒絕。」

「我都還沒講！」

「帶我去參加這一屆金曲獎，只要在紅毯區看看就好。」

「拒絕。」

「忘恩負義，小心我不救你喔。」藍云嗔道，威脅。

耀元不願陪她一起幼稚，不再回應，專注地研究起皮膚的每個區塊，想找到發光的原因；而藍云則依然像第一次上網的孩子，詫異地怪叫好幾聲，尤其是在瀏覽影視新聞的區塊時，對於某些影音作品瞭若指掌，尤其五月天的更是倒背如流。

聽著窗外的風雨聲，寢室內顯得格外地安穩、悠閒。

一個能遮風避雨的所在，兩個根本不熟的男女，各自做著自己的事。

「我一直很想問，你是不是很享受發光這件事？」上鋪的藍云忽然傳來困惑。

「很困擾。」下鋪的耀元盤腿坐著，「現在是夏天，我卻得穿兩件以上的黑色長袖。」

「可是你好像不太積極……」

「我去查了不少資料，也有就醫的打算。」

「這個時代落後的生醫科技絕對不可能治癒光溶症，你的下場只有被展示或被解剖而已。」

「……」

「況且，如果你的內心沒有一絲相信我的念頭，又怎麼可能收留我呢？」

「既然妳提起了，那我們該談談送妳回家的事了。」

「等等我們宵夜還是吃泡麵嗎？」

「不要轉移話題。」

「我來自二〇三一年，在二〇一二年沒有家。」藍云坐了起來，雙腿懸盪在床外，沒有特別的表情。

看著一對穠纖合度的小腿在眼前晃動，沒上指甲油的腳趾彎起，宛如在強忍什麼情緒的樣子，耀元卻撥開這對阻礙視線的東西，認真地說：「關於這點，我也去查過資料了，這叫做中二病。」

「我才沒病。」

「為了檢測人工智慧，有個圖靈測試，為了檢測是否真的來自未來，現在也有個耀元測試，試試？」

「好啊，測就測。」藍云一點都不擔心。

耀元從枕頭下抽出筆記本，翻到手寫滿的某頁，無比嚴肅道：「請隨意說出一期未開的樂透號碼。」

「拜託，誰會去背樂透的號碼……」

耀元拿筆劃一個叉，繼續問：「請說出足球、籃球、棒球，任三個國家職業聯賽未結束賽季或是新賽季的冠軍隊伍是哪三支？」

「這、這個……女生沒在關心體育啦。」

耀元再劃叉，接著問：「請說出一個月後九五無鉛汽油的價格。」

「這誰會知道啦！二〇三一年幾乎沒用汽油的車了。」

「果然是妄想的……」耀元畫出第三個叉，「基本題都沒答對。」

「等等，我懂了！」藍云氣得雙腳亂踢，「你是想利用我去賺錢對不對？很糟糕欸，貪婪、惡劣！」

耀元拒聽任何不實的指控，繼續測試，問：「妳有沒有攜帶未來的物品？」

「這個……神明是讓我光溜溜穿過來的……當然沒機會帶……」藍云的怒火瞬間消散，害臊地低語道：「衣服也、也是『借』人家曬在戶外……抱歉……」

「嗯，完全是抄襲魔鬼終結者的橋段。」

「什、什麼鬼終結者到底是什麼啊？」

「電影。」

「就說不是電影了！」

「那十七年後，我過得怎麼樣？」耀元緩緩地放下筆。

「你一年後就會死了，而且以未知的途徑將光溶症傳染給很多人，導致十幾年的時間就死去數十億人。」

「那……何子緣……」

「……關於她的事屬於最高機密，我隨便一講就會嚴重影響未來的走向。」

耀元的臉部肌肉不自覺地抽搐，但語氣卻能維持平淡地說：「裝模作樣，果然是假的。」

「我搞不清楚何子緣到底有什麼特別，不過就是個眼淚……」藍云俐落地從上鋪跳下來。

「不要說得這麼輕描淡寫。」耀元瞥了她一眼。

「不什麼不，我說的是真是假，只要取得何子緣的眼淚就知道了，什麼蠢笨測試根本沒意義。」

「妳不覺得這樣很自私嗎？為了這點事就要讓她難過落淚，無論如何我是辦不到的。」

「……不過是流個眼淚，哪有那麼嚴重……咦？不對，等一等。」藍云想到了什麼關鍵，右手掩著張開的嘴巴，「會這樣說，代表你根本認識何子緣，而且、而且……」

「而且什麼？」耀元抬起頭。

「你根本是喜歡她吧！」

「……」

「對不對？」

「別胡說八道，我跟她之間的關係，妳是不會懂的。」耀元淡淡地說，身體卻發出誇張的粉紅色光芒。

眨眼之間，柔和中帶點旖旎的粉紅色，有如草莓大福的甜膩內餡填充整個寢室，頓時蠢動的愛戀氣息四溢，彷彿能在其中嗅到甜甜的味道，隨便張開嘴咬下就能體驗愛情的甜美滋味。

「這一片粉紅色閃光，證明你在說謊啊！」

「……」

「你都臉紅了不是嗎？」

「為什麼光芒會變色？」

「光芒的顏色會受到患者的心情變化影響，這代表你根本口是心非！」藍云的指證歷歷。

耀元慢慢地低下頭，快速拿回筆，在筆記本上畫出一個大叉叉，語調有些浮動地說：「零分，沒通過測試。」

「如果你這麼喜歡她的話，那就更應該解決這個世界的危機呀，難道你捨得何子緣未來活在崩壞之中嗎？」

「我怎麼能因為妳的片面之詞就去打擾她，或是讓她哭泣？我就算是真的得了會死的病，也不可能去麻煩她，更何況不過是身體發光罷了，只要忍到冬天，多穿幾件衣服也不會太熱，世界末日就末日吧，我完全不在乎。」

「你就不怕她也得到光溶症？」

「她的眼淚就有解藥的成分，我為什麼要擔心這個？」

「嘖，你幹嘛突然變得聰明？」

「我本來就很聰明。」

「那你為什麼不讓她笑到哭、感動到哭、幸福到哭？明明取得眼淚就有很多種方式。」

「我沒資格。」耀元聳聳肩，粉紅色的光芒消失了，他恢復淡然的表情，寢室恢復成本該有的漆黑。

兩人激動的對話結束，沒有取得半點共識。

藍云不能理解耀元這種毫無意義的固執，耀元也不能理解藍云這種莫名其妙的要求，對於未來、對於光溶症、對於世界末日，他們似乎永遠沒辦法達成共識，因為耀元不知道其中到底藏著多少幻想、多少謊言。

討厭被懷疑的藍云打開寢室的燈，準備爬回去上鋪，不打算多說半句話。

然而窗外的風雨漸強……颱風即將登陸台灣，頻頻發出可怕的吼叫，揮出讓山洪爆發的利爪，窗外的風雨又更強了……

已經強到吸引她的注意力，以及，勾起她記憶深處的記憶。

「這個颱風的名字，該不會叫做『泰利』吧？」

像是在回應藍云的呼喚，窗外的泰利颱風越來越猛烈。

明天已經確定停止上班、上課、股市休市一天，公誠大學的學生大部分都提早返家準備抵禦風災，住校的學生也早早應宿舍公告做好防颱準備。

沒有什麼特別擔憂的感覺，反倒有種撿到假期的僥倖心態，有的打算睡一整天、有的打算泡在線上遊戲衝等、有的打算看完一套韓劇。

沒有想過，颱風之所以被稱為颱風而不叫大雨是有原因的。

「我記得歷史課有提到，泰利颱風造成相當慘烈的傷亡……」藍云的臉色慘白。

此時，宛如有人在惡作劇，躲在她背後大喊一聲似的，窗外突然噴來一陣強風，穿透窗框的縫隙造成尖銳的尖嘯，讓她嚇一大跳，反射性地想要抱住耀元，但勉強煞住車，尷尬地抱住衣櫃。

「到底多慘烈……」耀元凝重地問。

「我記得死亡加失蹤，超過五十個人。」

「這個颱風有這麼強？」

「所以大家都輕忽了呀。」

「那公誠大學附近的災情？」

「歷史課怎麼可能談到這麼詳細，反正我們一定要小心一點，先準備好小型電動船或是可棄式輕型筏。」藍云扳著手指一一提醒。

「沒有這種東西。」

「無限氧氣瓶、漂浮水衣呢？」

「連聽都沒聽過。」

「喂，這是基本的吧！什麼東西都沒準備，你們到底是怎麼活過來的？」

耀元沒好氣地橫她一眼，平穩的語調有些不穩，追問：「妳還有什麼情報？」

「我不記得了。」

「……」

「你那是什麼嫌棄的表情，這個範圍又沒有要考，我能記得一點點就算很認真了好嗎？」藍云雙手扠腰，氣鼓鼓的，討厭被看輕。

同一時間，停電了。

他們能夠聽到左鄰右舍傳來的哀號與咒罵，只是泰利的風雨並不會因此減弱，卻挑釁似地吹得更狂更猛，天空如潰堤的水壩，無法阻擋地洩出雨水，沒有任何收手的跡象。

「我終於體會到原始人還沒發現火的感覺了……」藍云有點害怕，不過不想被發現。

耀元拉高一些長袖上衣的下襬，讓溫和的白光恢復到自己的視線，緊接著開始翻箱倒櫃。

見到白光稍稍安心的藍云鬆口氣道：「這大概是光溶症唯一的好處……話說，等明天天亮，風雨變弱，記得趁機去找何子緣獻獻殷勤，說不定她一時感動就哭出來了，到時不經意地拿面紙給她拭淚，再把面紙帶回來，讓我提煉出解藥成分……」

「我出去一趟。」耀元套上雨衣，拿起手電筒，說走就走。

「喂，給我等等！」藍云趕緊拉住他，「你想去哪裡？」

「慢跑。」

「這種時候慢什麼跑啊！」

「餓了，買宵夜。」

「不管多餓都給我忍住！」

「等等就回來。」

「我剛剛是說等明天早上再去獻殷勤，不是叫你現在去送死，外面風雨這麼大，吹落的招牌、磁磚、碎玻璃到處都是，光是一根斷掉的路樹砸在頭上，你百分之一百會死掉啦。」藍云死不放手，急得直跺腳。

「這就是妳編造的故事中最大的破綻。」耀元平靜地說出，耀元測試最終的考題。

「為、為什麼？」

「如果依妳所說，我是光溶症的帶原者，會害人類死掉大半，妳不早點除去我就算了，至少也不該阻止我送死。」

「那是……」

「被我說中了吧。」

「那、那是最後不得已的辦法。」藍云滿臉通紅，不過語氣沒有動搖。

「再用另一個角度切入，她身為人類唯一的救星，妳應該無論如何都要保護她平安，又怎麼會阻止我？」

「我來自未來，當然知道何子緣沒事。」

「妳回到過去的瞬間，未來或多或少就已經改變了，就算機率不高，妳怎麼敢用幾十億人的命去賭？」

「……」藍云一時語塞，嘴巴張得很大，有很多話想說，偏偏又都講不出來。

「妳沒有理由阻止我了吧，還不放手？」耀元晃晃被拉住的手臂。

連帶的，不知道該怎麼反應的藍云也在晃動。

「放開。」

「……」

「快點……」

「我有理由，我還有一個理由！」

「說說看。」

「人家……其實很怕黑嘛！」藍云嘟起唇，狼狽到連藍色的短髮都狼狽地翹起幾根。

「……」換耀元無話可說。

「你不在的話就沒有光了……」

「好吧。」耀元打開手電筒，讓藍云雙手捧著，「這樣子就有光了。」

「不，等等。」

「再見。」

「喂、喂，女孩子都這樣示弱請求，你、你應該展現男子氣概說『放心我哪都不去』才對，怎麼還狠得下心走啊，喂，回來，你這個該死的北京猿人！」藍云在僅剩自己的寢室中，發洩似地亂揮著手電筒，好像在敲某個沒血沒淚的人。

公誠大學變得非常陌生，耀元總覺得自己走錯學校。

原本充滿人文藝術氣息的園區，有藝術相關科系製作的雕像、有園藝相關科系維護的植栽樹木、有歷史相關科系的主題展示等等……是每走個幾步，就會有美好事物值得頓足觀賞的智慧殿堂，現在幾乎被破壞殆盡，被吞噬在呼嘯之中。

雨是一波一波灑出的姿態、風是沒有間歇地一步一步進逼。

這是耀元第一次覺得原來自己一百七十幾公分與六十公斤的體格，是可以連站都站不穩的、第一次覺得原來雨打在身體上會產生劇痛……

路上，沒有人，也沒有燈。

或者說，本該有的路人怕死紛紛躲避，而路燈已死，根本不可能發出光芒。

耀元挽起袖子，讓左手臂的白光充當照明燈，勉強在能見度極低的狀況下前進。

雖然子緣不是住在校內，但她租的套房就在校門外，隔著一條四線道的馬路。很近，卻又覺得格外遙遠。

就跟平時，他與子緣的距離一樣。

風風雨雨。

他有一種自己進入電玩遊戲的錯覺，必須瞻前顧後，慎防走錯任何一步，一旦被飛過來的招牌命中、踩進被積水遮掩的水溝，或是被漏電的路燈電到，一條命恐怕就到此為止。

而且，沒有重新投幣，再玩一次的機會。

坦白說，耀元也不清楚自己冒著生命危險能做些什麼，更離奇的是，打從心底就不信藍云來自未來的他，一聽見泰利颱風會造成嚴重的傷亡後，立即變得坐立難安，非得見到子緣平安才行。

這就跟算命一樣，即便壓根不信命理師，但是命理師的話，依舊會在內心深處發酵，逐漸變得很在意。

只要見一眼就好，不，他只要站遠遠的，確定子緣住的公寓沒災情就好。

這個願望，在他抵禦狂風暴雨、小心翼翼地走了半個小時之後達成。

子緣的公寓位於四線道馬路轉進的小巷子內，他躲在並排停在路邊的汽車與汽車之間，蹲著抬起頭想觀察二樓的情況。

一片黑，但在一片黑裡，偶而能見到稍縱即逝的手電筒光芒。

這代表子緣沒事，就算停電，還是有乖乖躲在家中。

目前路面積水大概到腳踝，再怎麼樣都不太可能淹到二樓，耀元抹一抹幾乎睜不開的眼睛，拉緊完全沒有擋雨功能的雨衣，知道子緣一切平安，總算放下心中的大石，順便責備自己大驚小怪……

「我想太多了，哪有白痴會在颱風天出門……」他自言自語到一半。

彷彿有人真想證明自己是個白痴，公寓的樓梯門就這樣被打開了。

子緣一手提著手電筒、一手放在嘴邊大喊：「咪咪！咪咪，你到底躲去哪了？」

咪咪，一個毫無創意甚至相當庸俗的貓名，耀元在一瞬間就搞清楚所有狀況。

就跟自己領養藍云同一天，子緣也認養了一隻野貓，只是野貓畢竟跟人不同，抓到個空檔就想離家出走，導致疏忽的主人心急如焚，深怕貓在颱風天遭遇危險，找了整棟公寓未果，只好朝公寓外搜尋。

耀元很想警告子緣，趕快躲回去家中，但他從沒跟她說過話，即使是這個時候仍沒跟她說話的打算。

他唯一能做的，就是快點找到貓，然後把貓的四肢像烤山豬般綁緊，扔回公寓的樓梯間。

不過最大的困難，就是「不能被發現」。

在這種殺人的颱風夜見面，他無論如何都不可能用巧遇帶過，勢必會引起子緣不必要的懷疑。

萬幸，這條小巷停駐整排附近住戶的轎車，外加被天色與暴雨阻礙的低能見度，他有把握能不被子緣看見……然而，更大的問題，在他連第一個困難都還沒解決時發生了。

子緣完全沒搞清楚狀況，開始盲目地在小巷內搜索。

她的雙手緊握住唯一的光亮來源，但標準偏瘦的身材連站都站不穩，更別說她的長髮有如破掉的黑色碎布時不時黏在臉上阻礙視線，外加相當不方便的長裙，濕透之後服貼在腿上，除了意外展現穠纖合度的曲線外，根本沒半點好處，一不小心就會絆到腳，害她差一點摔倒。

砰一聲，一個被風吹落的盆栽就墜落在子緣五秒鐘前所在的位置。

耀元的冷汗從額頭沁出，瞬間被暴雨刷掉。

子緣僅僅是回頭看了一眼，然後又事不關己地繼續大喊貓的名字，用手電筒四處照射，越走越遠、越走越遠……頭也不回地尋找。

原本想幫忙找貓的耀元，雙眼不敢有一秒鐘從她身上挪開，腦袋飛快地想了幾個辦法，希望能將她先拐到安全的地方，等到風雨比較小，再來搜索那隻該死的貓。

可是所謂的幾個辦法，統統得現身跟她見面，耀元看著自己發光的左手臂，無論如何都不想被發現。

「咦……沒電啦？」子緣驚呼，相當傳統地拍打電力耗盡的手電筒，希望能逼出一點絕不存在的能源。

她連視覺都失去大半了。

砰！又一聲巨響，是超商的招牌砸在停於路邊的轎車引擎蓋，嗶咿嗶咿嗶咿嗶咿嗶咿嗶咿嗶咿嗶咿嗶咿嗶咿嗶咿嗶咿嗶咿嗶咿……防盜警報器響起尖銳的警告，方向燈與煞車燈閃爍急促的黃、紅燈，現場的情勢瞬間拉高到最危急狀態。

嗶咿嗶咿嗶咿嗶咿嗶咿嗶咿嗶咿嗶咿嗶咿嗶咿嗶咿嗶咿嗶咿嗶咿嗶咿嗶咿嗶咿嗶

咿嗶咿嗶咿嗶咿嗶咿嗶咿……

紅、黃、紅、黃、紅、黃、紅、黃、紅、黃、紅、黃、紅、黃、紅、黃、紅、黃、紅、黃、紅、黃、紅——

宛如有炸彈即將引爆，生命危險再也不是無謂的杞人憂天，而是再過幾秒鐘就會實現的必然結果。

本來冒著颱風出外找貓，就是一種自殺的行為，到此時還平安無事，已經算中樂透級的好運氣。

不能再猶豫了，耀元就算用敲暈的，也要把子緣拖回安全之地。

「同學！」他站了出來大吼，舉高充當手電筒的左手。

太耀眼了，白光四射，即便隔著風雨，視線有些模糊，子緣還是一回頭就發現他的存在，瞇起雙眼，用力揮手，大聲喊：「太危險了，這位同學，颱風，風、風雨強，危險，你快點回家吧！」

耀元是第一次見到快溺斃的人還在關心岸上的人有沒有穿救生衣。

「妳跟我走，快點過來，別再過去了！」

「不，不是，我是在找走丟的貓！」

「現在不是找貓的時候！」

「我再往前面看幾眼。」

「很危險！」

「放心，我等等就會……」這是子緣最後說出的話，甚至，整句話來不及說完。

橘黃色的塑膠垃圾桶飛來。

正中她的後腦勺。

旋即，宛若被割斷所有操控索的木偶人，子緣瞬間失去意識，整個身體直接癱倒，趴在積水的柏油路上一動也不動。

耀元張大嘴巴，雨水混著驚恐灌進他的體內，僅僅是愣住一秒鐘，身體就自動展開行動了，用最快的速度將子緣抱起，輕拍她慘白的臉頰確認是否有反應。

可惜沒有，剛剛還活跳跳到處找貓的女人，現在已成一灘爛泥。

他脫掉自己的雨衣、脫掉自己的兩件黑色長袖上衣，裹住子緣的上半身，尤其是特別保護頭部的部分，然後像呵護什麼人間至寶的樣子，小心地將其擁進懷中，再低著頭，幾乎用全身的面積阻擋可能再出現的風險，以穩健的腳步，往兩、三百公尺遠的公寓前進。

不被遮掩的白光從他的肌膚流洩而出，無數的白色線條，配合宛若星空銀點般的白色光粒，以抽象且不規律的方式，朝四周散射，成為探照前方的光源，美得令人感到窒息。

抱著一個人在移動，便不能再俐落地閃掉襲來的危險，他只能選擇一個最短路徑前進，不斷地默唸祈禱：「不要砸到她……千萬不要砸到她……絕對不能砸到她……」不停、不停地反覆。

像是聽到他的祈禱，這一路回到子緣公寓的樓梯門，雖然有幾次被樹的小斷枝或垃圾擊中，但幸運地沒造成多大的傷害，總歸來說僥倖平安抵達樓梯間，安穩地讓子緣躺在地板上。

耀元按了整棟公寓所有住戶的門鈴，心感歉意地從子緣身上取回自己的上衣，確認她的鄰居開門下來查視之後……

他穿回衣服，再一次跑進風雨中。

「妳這個瘋子總算是醒了喔！」

在急診室內，子緣的堂姊不留情面。

昨晚是颱風最強的時刻，她早早就去睡了，完全沒想到自己的堂妹不知道發什麼神經病跑出門，等到她被門鈴吵醒，發現家裡少一個人，急忙下樓出外查看，赫然發現有人倒在樓梯間，竟然是從小感情就很好的親人、室友兼學妹。

不過她抱不動子緣，在外頭的颶風暴雨中手足無措，一時之間想起某位住附近的男同學，趕緊打電話給他請求支援。

她的同學，也就是子緣的學長，二話不說冒著風雨趕到，驅車帶這對堂姊妹到醫院就醫。

此時，子緣的病床邊，正是徹夜守護的堂姊與宗岳。

「我、我到底……怎麼了？」子緣頭痛。

堂姊複述一遍昨晚的慘況，心疼地說：「妳的後腦腫了一個大包，醫生說有輕微的腦震盪……這下子小叔、小嬸一定會急死。」

「別跟我爸媽說……我最可愛、最善良的美麗堂姊……拜託……」

「還會說廢話，代表應該傷得不重，如果妳用最快速度給我好起來，我會勉強考慮看看。」

「呵呵……」子緣笑得很虛弱，「謝謝妳。」

「不要謝我，要謝就謝宗岳，要不是他一接到電話馬上趕來，在颱風夜我根本不知道該怎麼辦。」堂姊指了指坐在旁邊的男人。

「也不用謝我。」宗岳梳向單邊的西裝頭，被雨淋過之後，絲毫沒有平時連角度都刻意維持的俐落，依他出門必定整齊打理自己的個性，現在的外觀已經算是相當糟糕。但依舊帥得連年輕的護士走過都會趁機欣賞個幾眼。

「學長，謝了。」

「如果妳執意要謝，我也不方便推辭，不如一起看場電影吧。」

「好啊，我請你，再請你吃飯。」子緣虛弱地比出一個OK的手勢。

「至於……那條壞貓。」堂姊面有難色。

「還是沒找到嗎……」子緣無力地垂下手，慘澹地說：「都是我的錯，是我去樓頂收東西的時候忘記關門，咪咪才會不小心跑出去，等我出院再來認真地尋找……」
「不要找了，這種笨貓讓牠繼續流浪。」
「對了，還有一件事。」
「怎麼了？」
「我被、被……被不知道什麼東西砸到頭……然後有一個男人救了我。」
「昨晚風雨這麼強，除了妳這個笨蛋，誰會跑到馬路上啊？」
「不，是真的。」子緣像是怕那個男人的存在被質疑，急忙補充道：「我被敲到後，倒在積水裡面，是他抱起我……脫掉了衣服……」
「什麼？」宗岳猛然站起。
「欸！妳有被他怎麼樣嗎？」堂姊擔心地拉高語調，「我看驗一下傷好了，誰知道這個男人趁妳昏倒做了什麼事？」
「不不不，他用脫掉的衣服跟雨衣圍著我……然後、然後很不可思議的事就發生了。」
「不可思議？」
「嗯，他發出了白色的光……那樣子的光芒，我是第一次見，如此地溫暖、如此地溫柔，好像一顆不會燙傷人的太陽，暖洋洋的。」子緣努力地回憶，原本緊蹙的眉逐漸紓緩。
宗岳苦笑著坐下。

「抱歉，我這個堂妹從小就是小說讀太多了，腦袋有點問題。」

「沒關係，畢竟傷到頭了，過幾天她的神智才會清楚。」

「我的腦袋非常清楚！」子緣對堂姊與學長抗議。

「可憐的堂妹……所以說妳的意思是昨晚在狂風暴雨中，有個長得很帥、像英雄電影男主角的人出現，全身發出白色的溫暖白光，將妳擁進懷中，拯救失去意識的妳。」

「我沒看清他的臉，不確定長相……」

「妳確定只有這點想反駁嗎？」堂姊揉著發疼的太陽穴。

「說不定，這個世界真的有超能力。」

「難道這位是傳說中的超級英雄『白光俠』？」堂姊再度諷刺。

「白光俠？對對對……說不定是真的。」子緣睜大眼，即便昏昏沉沉、口乾舌燥，仍迫不及待地說出自己的猜測，「他是來自太陽的外星人，天生擁有光的力量，可是在颱風夜中，混亂的氣候切斷他與母星之間的力量傳輸，他幾乎失去了超能力，本來應該休生養息，可是見到陷入危機的我，依舊選擇挺身而出……」

「夠了，白光俠是我瞎掰的。」堂姊摸摸她的黑色長髮，略帶責備的眼神中，更多的還是關愛。

「或許，現實會比故事更離奇呢……」

「給我清醒一點！妳這種天真腦殘、神經大條的性格，已經堪稱為『變態狂吸引機』，幾個月前才在校區被噁男跟蹤，還怕到搬出宿舍跑來跟我住，這麼快就忘記了嗎？」

「什麼！」宗岳第二次猛然站起，「有沒有被怎麼樣？有通知校方嗎？有抓到變態嗎？我怎麼會不知道？」

「別大聲，這裡是醫院。」堂姊拉著激動的同學坐下，「我這個笨蛋堂妹就不想鬧大呀，除了我之外，沒其他人知道。」

「這樣不行，萬一變態又犯罪怎麼辦？」

「所以我就覺得堂妹應該交個男朋友來當免費的保鏢，最少身邊有男性出沒，跟蹤狂會比較忌憚。」堂姊給了宗岳一個眼神。

他立刻附和道：「我也覺得交個男朋友是個不錯的想法。」

「不可能、不可能。」子緣靦腆地揮手，似乎漸漸恢復精神，「過去的事，就不要再提了，有的時候……被跟蹤，也會製造出很特別的緣分。」

「妳這個笨蛋，腦袋果然出問題。」堂姊無奈地搖頭。

「我的腦袋很清楚。」

「好啦，只是妳真該考慮交個男朋友，我這邊有口袋名單，能馬上介紹妳認識喔。」

「不用了。」

「妳是嫌棄我的口袋名單嗎？」

「不是。」

「那是為什麼？」

「我已經有喜歡的人了……」子緣望向仍在下雨的窗外。

宗岳猛然站起，第三次。

「這次泰利颱風根本沒有造成嚴重的傷亡，妳這個騙子。」

「誰、誰叫這麼多個颱風的名字都叫泰利，我記錯也算正常吧。」

「一想到自己曾經相信過妳，就想被雨水沖走一死了之。」

「要不是我提醒你，說不定何子緣就是唯一的死者了。」

「這是兩碼子事，重點在於妳根本不是來自未來。」

「我是！」

在颱風過去，台灣人民慶幸這次風災沒造成犧牲者的同時，位於公誠大學的男生宿舍內，藍云和耀元卻在爭執，一方的音量不斷拉高、一方雖然是維持平淡的語氣，卻讓對方更生氣。

藍云擔心了整晚，原本還以為自己是怕黑，所以才會坐立難安，後來，漸漸地靜下來，關掉手電筒，接受黑暗的包圍，沉浸在巨大的風雨中，她才明白擔心的是耀元聽從自己的話，不顧危險地跑去找子緣，要是有個三長兩短，那未來會被嚴重改變。

好不容易盼到他活著回來，即使被淋成落湯雞，手臂、後背、肩頸都有紅腫或瘀青，好險沒有什麼大礙，算是不幸中的大幸，他也鬆口氣地敘述整個驚險的過程，一再慶幸有跑這一趟，子緣才能夠只受一點小傷。

兩人的信任度在這秒鐘升到最高，接著，在颱風遠走各地無重大傷亡的好消息傳來之後，瞬間被打到跌停板。

「算了，妳說不說實話都無所謂，我這樣提供妳吃住也沒關係。」耀元的話中並沒有任何嫌棄的意思，「只是妳還未成年，有父母親在等妳回家，學校的老師與同學也在等妳回去上課，無論如何，繼續逃家下去，沒問題嗎？」

藍云聽得刺耳，鼓起雙頰越想越奇怪，明明結果就是救了子緣一命，增加取得感動淚水的機會，而耀元卻一直糾結在記錯颱風名稱這種小事，小鼻子小眼睛的，擺明是沒事找事，意有所指地嫌棄。

她乾脆直接不悅地問：「你是不是想趕我走？」

「不是趕妳走，而是我們當初說好等颱風離……算了，真正的問題是，妳一直用自己編造的故事逃避現實，這是絕對行不通的。」

「好啊，那我回街頭流浪就是了！」覺得受到誣衊的藍云非常激動，耳垂上那對黑白色的耳環激烈搖晃。

「不，我沒這個意思……」

「所以你的意思是我們恩斷義絕，要把所有的帳統統算清楚吧！」

「我什麼時候說過要算……」

「沒問題，欠你的全部還。」藍云氣急敗壞，覺得自己深受委屈，把上衣脫掉，再把短褲脫掉，毫不在意貼身衣物被看見，統統在手中揉成一團，狠狠地扔在地上，「你騙我是去外面撿的，但誰不知道這些是花錢買的？現在，還給你！」

「我會說謊，是怕妳不好意思收……」耀元扭開頭，刻意盯著窗外。

藍云拉開衣櫃，拿出一件耀元在寒流時穿的禦寒大衣，暫且當成連身裙穿在身上，惡狠狠地撂話，「等到光溶症的問題越來越嚴重，你就不要回頭求我。」

耀元先不管她剛還清隨即又欠的矛盾現象，輕聲說：「我相信有光溶症，但我不相信妳來自未來。」

「還有一點給我記好，如果沒有經過提煉，即便你拿到眼淚也沒用。」

「欸？」

「聽清楚了吧？沒我是不行的，我現在就要離開了，你難道不會後悔嗎？」藍云給予最後的警告。

「我聽得很清楚。」

「那你、那你還不快點挽……快點道歉！」站在門邊的藍云，不甘願地給予最後、最後的警告。

「我不會因為說出為妳好的話道歉。」

「來自未來的我，可是沒有地方去的喔，如果我在外面流浪，遇到壞人或是遭遇危險，你要負全部的責任，必定會懊悔一輩子，你確定想清楚了嗎？」藍云手按在門把上，給予最後、最後、最後的警告。

「回家去吧。」耀元同情地望向她，由衷祝福這位性格古怪的女孩，能夠放棄不切實際的妄想，回到原本成長的地方。

「你就為了一個颱風的名字趕我走，去死一死算了啦！」藍云這次真的開了門，怒氣沖沖地離開。

耀元坐在原處五分鐘不動，最後才嘆口長長的無奈之氣，把扔在地上的衣物撿起，把被藍云弄亂的書本、零食、文具、雜誌收好，讓一切恢復正常，恍若回歸到初始的狀態。

他坐回原位，把筆記型電腦放在腿上，開始搜索「光溶症」、「自體發光」、「生物發出光線」、「人類 白光 粉紅光」、「發光了該怎麼辦」、「世界末日」、「時光機」、「神明存在」、「自稱來自未來」、「時空穿越」……可是，得到的不是鄉野奇談、都市傳說，就是小說或電影的劇情。

理性上找不到半點能說服自己的因素。

哪怕是一點點都找不到。

然而總不能一生都維持發光的狀態，這樣下去遲早會被發現，一定會被當成怪胎看待。

還得穿兩件以上的深色長褲、長袖衣物才能出門，在快接近七月份的日子實在太引人矚目、太折磨了，搞得自己只能躲在寢室或冷氣房，不方便出門去追蹤觀賞子緣。

關於這點，最煎熬。

筆電的螢幕，停在線上掛號的頁面，已經超過一個半小時。

耀元還是無法決定要掛內分泌科還是皮膚科……

內心裡也無法決定，能不能承擔這個秘密被發現的後果。

天不知不覺黑了，氣溫稍降。

他闔上筆記型電腦，穿好一身能擋住光的行頭，暫時放棄艱難的選擇，打算趁涼去買個晚餐吃。

才剛接近校門，遠遠就看見兩道熟悉的身影，一位是頭包著繃帶的子緣、一位是系上的學姊，同時也是子緣的堂姊，名叫何子茹的樣子，其實……耀元並不太確定也不在意學姊的名諱，他只是靜靜地遠望著子緣，就跟過去無數次的追蹤相同。

原本醫生建議再觀察個半天，但子緣堅持要出院，想趕快把咪咪尋回，就與堂姊連袂回到公誠大學，順便用咪咪的照片詢問每個路過的學生。

耀元拉近與她們之間的距離，維持在一個不會被注意到但勉強能聽見說話的巧妙距離。

幸好颱風過去，願意出門的住校生與外面進來運動的民眾很多，帶給他不少掩護。

她們一面掃視附近的任何角落，一面有一搭、沒一搭地閒聊。

「話說……妳說有喜歡的人到底是怎麼回事？」忍了很久的堂姊終於忍不住自己的八卦之魂。

「嗯，有了。」子緣輕描淡寫地回應。

「妳這是什麼敷衍的回應，還不趕快老實交代。」

「秘密。」

「好過分，我突然感到好生疏。」

「等我準備好了，一定會告訴妳。」

「妳以為不說，我就猜不到嗎？」堂姊老謀深算地竊笑。

「別猜。」子緣蹲到旁邊的草叢搜索。

「現代人交友莫過兩個方向：『網路』與『現實』，依妳這種還在用智障型手機，與現代科技絕緣的女人來說，辦什麼臉書、交友網站的帳號是不可能了，唯一的管道就是日常生活身邊的男人，恰好，我跟妳住一起，清楚幾個鄰居都沒機會，唯一的可能只剩下學校……」堂姊用偵探的口吻剖析。

「……」子緣站起來，繼續往前找，不答。

「我們系上的男生，跟妳比較有交集，就是那幾位……」堂姊瞇起狹長的雙眼。

一定是宗岳學長。耀元聽到她的推理，瞬間就得到答案，得到早就知道的答案。

「妳就不覺得是救我一命的白光俠嗎？」子緣輕笑，雙眼仍四處探勘。

耀元的雙足被釘在地面似的，一臉難以置信，一時無法動彈。

「……如果妳真的喜歡上虛構的白光俠，我馬上把妳拖回醫院檢查。」堂姊完全不像在開玩笑。

「咦？前面好像是咪咪。」

「少用這招轉移話題。」

「咪咪、咪咪，是你嗎？」

「欸，醫生說不准跑動啊。」

依然站在原地的耀元，還是保持無法動彈的狀態，目送著她們遠去……

雖然不能百分之一百肯定，但她們口中的白光俠應該是自己，他不斷地重播剛剛子緣說話的片段，想確認玩笑的成分占了幾成，心臟不知不覺開始劇烈跳動，超常反應地劇烈跳動。

從小到大，他是所謂的邊緣人或怪異分子，除了態度天生冷淡外，對於人際關係或班上活動皆無興趣，不被外在事物吸引，沒有特別喜歡什麼、沒有特別討厭什麼，無欲無求的價值觀、無欲無求的人生。

他原本以為自己會永遠這樣無欲無求下去。

直到遇見了子緣，內心，有了微微的不同……

「喂！我找到了。」

他的背後突然有人大喊，一向沉穩的他卻因為不切實際的胡思亂想導致鬆懈，非常難得地嚇一大跳。

是藍云。

髒兮兮的藍云，抱著一個紙箱。

耀元不解，才分開不過幾個小時，之前還意氣風發的她，怎麼會慘成這樣？

一點一點的污泥灑滿全身，藍色的短髮、灰色的大衣、白皙的雙腿都是，最慘的是紅色的慢跑鞋已經變成黑色，還有臉蛋上的黑漬，更因為她下意識去抹，糊成了整片。

「妳到底在做什麼？」耀元的臉孔僵硬。

「找到了、我找到了！」藍云開心地踏步。

「妳到底找到了什麼？」

「找到治癒光溶症的第一步。」

「說人話。」

「貓咪！」藍云雀躍地掀開紙箱一角，裡頭真的有隻貓，還是一隻斑紋奇特到很好認的貓，「這貓真的太會逃了，我跟牠展開一場激烈的追逐，驚險刺激的過程就不多說，反正最後我棋高一著，獲得最終的勝利。」

「……妳把自己搞成這副德性就是為了抓貓？」耀元微變的臉色中，有著難以言語的東西。

「這就是何子緣的貓吧，你把牠拿去給她，你們的關係一定能夠更進一步，以後就有更多的機會能取得眼淚了！」藍云興奮地說出全盤計畫，像是考滿分的孩子期待大人的讚美。

「妳自己拿給她。」

「為什麼……難道你不高興嗎？」

「這是妳的辛苦，理應是妳得到飼主的感謝。」

「我得到何子緣的感謝有屁用啊？重點是要讓她對你敞開胸懷。」藍云半推半就地將紙箱交出去。

得到一隻貓的耀元，不知道該怎麼處理，只是冷冷地注視著她，隨後輕輕地說：「快回去吧。」

又聽到「回去」這兩個字，藍云神情失望，慢慢地撇開臉，倔強道：「要不要回家是我的事。」

「回去把身體洗一洗，妳亂丟的衣服我收到衣櫃了。」耀元端著紙箱，往男生宿舍走。

藍云抬起頭，搞懂這句話代表什麼意思，隨即綻開一個璀璨的笑容，蹦蹦跳跳地跟在他的背後。

颱風剛走。

今天，是金曲獎頒發的日子。

距離典禮開始的紅毯橋段還要等幾個小時，可是藍云已經抱著筆記型電腦，陷入一種對外隔絕的狂熱狀態。

嘴裡喃喃的都是五月天怎樣怎樣、主唱阿信又怎樣怎樣，對這個當紅搖滾樂團的一切倒背如流，宛若是自己參加比賽，不斷喊著「某某某獎是我的、某某某獎是我的」，這種近乎催咒的祈禱方式，讓耀元感到莫名其妙。

「這隻貓到底該怎麼辦，我的寢室禁不起牠再折騰一晚了。」在寢室可以不必穿衣遮光的耀元，裸著上半身，觀察著到處爬的貓，頭疼。

「最佳專輯製作人獎是五月天。」

「現在不是看金曲獎直播的時候。」

「最佳作曲人獎是五月天的瑪莎。」

「我們先處置這隻貓好不好？」

「最佳編曲人獎是五月天、陳建麒。」

「……」

「最佳年度歌曲獎是五月天的〈諾亞方舟〉。」

「妳是中邪嗎？」

「最佳樂團獎當然是五月天。」

「連紅毯都沒走完，請不要擅自頒這麼多獎給他們。」

「最佳國語專輯獎是五月天的《第二人生》。」

「如果你來自二〇三一年，那五月天應該都退休當爺爺了。」耀元走到藍云身旁，一同看著剛踏上紅毯的台灣最夯樂團，「不可能還有少女粉絲吧，就類似我們這一輩也沒人聽余天、鳳飛飛。」

「就算是爺爺，也是最帥的爺爺，我對他們的愛是一生一世！」藍云橫了他一眼。

「妳對五月天的狂熱程度，倒是很像……」耀元欲言又止，默然片刻之後說：「他們會不會得獎都是註定的，妳不停下咒沒有意義。」

「二〇一二年的金曲獎，五月天入圍七項就拿下六項，打破樂團的歷史紀錄，這是每個粉絲都銘記的榮耀時刻，我記得一清二楚，只是、只是沒想到……能夠親眼見證。」她說到後來，開始興奮地輕顫。

「如果真是這樣，那這屆就給五月天自己玩就好了啊。」耀元諷刺地挑眉，一轉頭就看見野貓在啃鞋子，雙眉垂下，無奈道：「先別說金曲獎了，現在這隻貓該怎麼辦？」

「你帶去給何子緣，藉機拉近距離，竊取她的眼淚，助我製作出光溶症的解藥。」藍云目不轉睛地盯著直播，嘴巴像錄音機說出重複到會背的話。

「我……沒辦法跟她面對面接觸。」

「為什麼？」

「我沒辦法告訴妳。」

「該不會是害羞吧？」

「……」耀元一愣。

「不可能吧，呵呵，又不是小孩子。」

「……」

「靠，該不會真的是害羞吧！」藍云難以置信地看向耀元。

耀元的身體發出劇烈的粉紅色光彩，嘴巴平淡地說：「怎麼可能，我只是覺得，隨隨便便跟她碰面很沒禮貌，會讓人家感到困擾，而我，張耀元，絕對不會造成女性困擾。」

藍云歪著頭，一目了然，沒想到這年頭還有太害羞不敢跟女生面對面的人……不，應該說這年頭居然還有如此表裡不一、口是心非的人……太可怕了。

「妳聽懂的話，就趕快把這隻貓帶出去。」

「好，就交給我處理。」

「這次難得這麼聽話，晚餐請妳吃麥當勞。」

「我已經在你們學校的討論版發文了，附上貓的照片，表示男舍一〇三號房撿到一隻貓，正在尋找飼主……我相信，對方應該很快就會找上門。」

「……妳、妳是什麼時候po的？」

「開始走紅毯。」

「那不是……」耀元的臉部肌肉在抽搐。

說時遲、那時快，人生總是充滿戲劇性，下一秒鐘房門就被敲響，外頭有人輕喚著：「請問張耀元同學在嗎？我聽到有人說，你撿到了咪咪，可以讓我看一眼嗎？」

耀元不滿地瞪……不，藍云已經消失，只餘筆記型電腦在轉播，人早滾進床底隱身了，在短短的眨眼間完成。

無人可瞪的他，整個背脊發麻，最不願意接觸的子緣已然兵臨城下，他被鎖在房內顯然無處可逃，當下除了裝作沒人在家之外，沒有第二個能夠解決危局的辦法。

沒錯，先保持安靜，裝作沒人在家。

「我在，來開門了，等等喔！」躲在床底的藍云壓底嗓子，朝著房門大喊。

「妳這卑鄙的……」耀元連殺人洩恨的心都有了，不得不用最快的速度取長褲與外套穿上。

門外的子緣高興地回應道：「沒關係，我多久都可以等，謝謝你，真的很謝謝你。」

已經失去退路，極其無奈的耀元一打開門，頭頂還繞著繃帶的子緣一個側身進入，迫不及待地抱起還在啃鞋的貓，眼眶含淚，歉然道：「對不起，咪咪，下次我會多注意，不會讓你亂跑了，對不起……」

因為離她太近，耀元感到十分僵硬，腦袋一片空白，不知道該說什麼，只能面無表情地站立。

「多謝你找到咪咪，要不然我一直很內疚……這兩天颱風過境，我連做夢都會夢到咪咪發生意外，沒有一晚睡得好……真的很感謝你……」說著、說著，子緣忍耐許久的淚水終於滾落。

墜在貓的背上。

耀元總算是醒了過來，知道現在是千載難逢的機會，先不管信不信藍云所言，最少遞出衛生紙是紳士該做的。

他抽出衛生紙，再親手交給她。

這整個過程在他的眼中變得格外緩慢，像用慢速攝影，雙眼想清晰地記錄下，他們在正常情況下的首次交流，以便往後十年、二十年、三十年回憶。

「請問，我可以叫你耀元嗎？」子緣擦乾淚水，笑著說：「明明我們同系、同班，卻覺得好生疏，也請你稱呼我的名字就好。」

「……我沒意見。」

「耀元，請讓我報答你的恩情，你有想吃的餐廳嗎？」

「不……唔。」準備拒絕的耀元發現自己的腳踝被戳了一下，不用細想就知道是藍云搞的鬼。

「覺得餐廳不好的話，那你有比較想要的禮物嗎？」

「沒有。」耀元的腳踝快被指甲戳爛了。

「好歹想一個吧。」

「沒有，也不需要。」

「……」子緣有些氣餒。

耀元神經再粗也察覺到不對勁，特地解釋道：「不，我不是指妳的禮物不需要，我是指……我本來就沒有特別需要什麼東西。」

其實他也不知道自己在講什麼。

子緣不放棄地說：「但我是個有恩報恩、有仇報仇的人，你不讓我報恩，是想害我輾轉難眠嗎？」

「不是……不用禮物，貓是我一個朋友撿到，然後轉交給我發文而已。」

「你居然討厭我的禮物到虛構一個不存在的朋友，欸，太超過囉。」

「沒，我沒這個……」

「我看你……是不是沒有什麼朋友？」

「這要看怎麼定義朋友了，廣義的朋友我有，狹義的……」

「你需要狹義的朋友嗎？」子緣雙眼一亮。

「狹義的朋友很難定義。」耀元面有難色。

「喔……」子緣的雙眸逐漸失去光彩，客氣地說：「好吧，沒關係，那我先回去了。」

「……」耀元雙眼中的失落幾乎快隱藏不住，他預設自己與她該維持這種沒有關係的關係，一想至此，也不打算再多解釋，輕輕地應了聲，「嗯，早點回去吧，天也要黑了。」

「再見。」

「好，保重。」

「你也保重。」

「我會。」

「那我明天再過來。」子緣微微地鞠躬，就這樣抱著貓走出寢室，「直到你告訴我想要什麼禮物為止。」

門都沒關。

平時就沒什麼表情的耀元，除了全身僵硬之外，沒辦法有更多反應。過沒幾秒，他都還沒解除僵硬的狀態，子緣抱著貓又再度回到門前。

「請問你相信今年是世界末日嗎？」

「……不信。」

「我也不信，但希望自己相信。」

「為什麼？」

「如果世界就要末日了，我一定能活得更無拘無束，不用在意旁人的眼光、不用在意朋友的想法、不用在意原本不得不在意的事。」子緣用食指頂起嘴角，做出像是笑的表情。

「我……」耀元凝視著她。

「我們這麼多堂課同班，我卻從來沒見你笑過呢，這麼好看的五官，常常板著一張臉太可惜了。」子緣再展示了一個自然的笑容。

耀元跟著她彎起嘴角，嘴角相當地僵硬，僵硬得像扮鬼臉。除了冷笑、苦笑、自嘲的笑，他真的許久不曾開懷大笑了。

耀元根本不在意的金曲獎結束了。

筆記型電腦播放著夜間新聞，成為寢室內的背景音。

藍云盤腿坐在地板上，左手邊的奶粉罐內有半滿的水，水面浮著一團衛生紙，右手的玻璃杯裝著四分之一左右的乳白色液體，卻不是牛奶……

她神秘兮兮地輕喘著，不斷滿意地點頭，藍色的髮絲前後搖曳。

寢室中，耀元與藍云面對面，注意力都集中在那杯乳白色的液體上。

「妳剛剛為了掩人耳目特地爬窗出去，搞了大半個小時，就去撿了人家喝剩的嬰兒牛奶，再泡一杯擺在我面前，然後說這是光溶症的解藥？」

聽完耀元所說，藍云驕傲地說：「沒錯。」

「請問……我到底是哪個地方出問題，讓妳可以擅自把我當成白痴？」

「這真的是解藥，不信你喝一口就知道。」

「我才不要喝來路不明的乳白色液體。」

「這是我透過這台『特殊鹽分等離子提取機』提煉出的解藥。」藍云指向左手邊的桂格牛奶罐，「只是這樣的超世代科技，有些原始人會大驚小怪，所以才刻意進行偽裝塗料。」

「不要以為冠上一些自創名詞就有用。」耀元的面無表情中透露著一股不屑。

「飄在水面上的衛生紙，就是何子緣擦過眼淚的那張，懂嗎？」

「妳就算說是擦過屁股的那張，我也沒有辦法分辨。」

「如果是擦屁股的話，會有黃黃的顏色，請仔細檢查看看有沒有。」

「我絕對不要檢查妳的大便。」

「可惡，你這個人疑心病怎麼這麼重。」

「面對乳白色的液體，任何人疑心病都會重。」

「我們好不容易取得何子緣的眼淚，費盡千辛萬苦製出解藥，難道你要為了這一點小問題放棄嗎？」

「我覺得這個不是小問題。」

「世界都要因為你而末日了耶。」

「我無所謂。」

「那我們剪刀、石頭、布，輸的人喝。」

「原來，二〇三一年，還有人在玩這個。」

「……這、這個又不會退流行。」

「是嗎？」

「算了，我不跟你東拉西扯，直接使出秘密武器比較快。」藍云比出一個六的手勢，然後慢慢地靠在耳邊。

「什麼武器？」耀元輕蔑地歪著嘴。

「如果你不喝，我就把某個人時不時像個變態一樣跟蹤何子緣的事昭告天下。」藍云模仿講電話的模樣，「喂，警察先生嗎？這裡有個跟蹤狂喔。」

「妳……」耀元頓時氣虛，猶自試圖反抗，「怎麼會知道？難道妳跟蹤我？」

「誰想跟蹤你，我要也是跟蹤……」

「妳也跟蹤她？」

「我、我來自未來，你的怪癖當然一清二楚，快喝吧。」

「是嗎？」

「廢話。」

正當藍云露出得逞的奸笑，心虛的耀元迫於要脅，慢慢地舉起玻璃杯，還在思索要怎麼逃過一劫的關鍵時刻，寢室的門被禮貌地敲響。

門外的子緣，朗聲道：「耀元，在嗎？」

雖然昨天就告知今天會來，但耀元一直當成與「下次約吃飯」、「改天打給你」、「以後出來聚聚」之類的客套話，沒想到人真的來了，還是在他左右為難的無防備時刻。

突如其來的衝擊讓耀元無法多想，直接將整杯乳白色的液體倒進喉嚨，匆匆忙忙地開門，沒有讓客人多等。

子緣見到他，緊接著微微一愣，輕笑道：「我是不是該等你穿好衣服。」

耀元的腦袋轟了一聲，馬上知道自己犯了致命的錯誤，平時出門得穿著兩件暗色系的長袖衣物，來遮蓋著身體發出的光芒。

在炎熱的六月份過得相當痛苦，他一回到寢室就會裸上半身加運動短褲，讓自己得到短暫的解脫。

所以，耀元是半裸的。

身體發出光的事，會被子緣給……

神奇的是，他忽然發現絕大部分的時間都閃耀的光芒，徹徹底底地消失了。

解藥真的有效，藍云並沒有說謊。

怎麼可能？

不可思議。

子緣發現耀元整個人當機，就直接走進寢室，找到一件掛在椅背上的T恤，替未回過神來的他套上。

「其實你是敵國的間諜對不對？」

「……間諜？」

「你的身體某部分有識別碼，所以得脫掉衣服經由筆電辨識身分，才能開啟特殊防監聽管道，跟你的接線人聯絡，沒想到碰巧被我撞見你的秘密，於是生性善良的你失了神陷入兩難，猶豫要不要滅我的口。」子緣侃侃而談，「現在偽裝成播新聞畫面的筆電，正是此地無銀三百兩的證明。」

影劇娛樂新聞主播透過喇叭播報，「本屆金曲獎最大贏家，正是搖滾天團五月天，入圍七項卻囊括了最佳專輯製作人獎、最佳作曲人獎、最佳編曲人獎、最佳年度歌曲獎、最佳樂團獎、最佳國語專輯獎，一共六項重要大獎，主唱阿信興奮地對著歌迷道謝，以下畫面是記者在……」

「……」耀元注視著螢幕，幾乎肯定這些獎項都是藍云說過的。

「哼哼，被我拆穿之後，果然是嚇傻了，間諜先生。」

「不，我不是間諜，我可以對天發誓。」耀元不得不回神過來，面對被人栽贓的狀況。

「嘿，你是第一個聽完我的故事卻沒有吐槽的人耶。」

「我？第一個？」

「沒事、沒事，只是天氣這麼好，想找你出去逛逛，順便挑救貓之恩的禮物。」

「逛？」

「走吧。」

「去哪？」

「去了再說。」

耀元完全不懂子緣在說什麼，總之，整個人被牽著鼻子走，就這樣子被帶出門了。

然而，他滿腦子想的，都是解藥、未來與藍云……

藍云做了一個夢。

未來的夢。

少婦躺在病床上，灰色的長髮稀疏，雙頰削瘦、骨瘦如柴，露在病人服外的乾癟肌膚上有大大小小的傷痕，明明才四十歲左右的年紀，卻老得像五、六十歲，準備邁向生命的盡頭。

「我沒死在二〇一二年，還能活到二〇三一年已經很划算了。」

她不畏懼死亡，這十多年來生不如死的時間，讓她更有勇氣面對人生的終結，唯獨陪伴在病床邊的少女，是還不能死的牽掛，繼續苟延殘喘的理由。

少女是藍云，藍色的短髮靜止著。

藍云望著窗外，溫煦的陽光與純白的雲朵，恍若一幅掛在牆面的畫，是那樣地平凡又那樣地美麗，她開始思索是不是該帶少婦出去曬曬太陽，說不定反而能幫助病體康復。

「云云，工作都已經結束了嗎？」少婦打破病房內的沉默。

「教授讓我提早休息。」

「嗯，我想，我大概快死了。」少婦像是在說個笑話般，輕描淡寫。

「別亂說，我日日夜夜向神明祈福，妳一定會沒事的。」藍云抓住她的手，很溫柔。

「現代的年輕人，大概就妳最迷信了。」

「科技不能解釋的力量，我們就推給超自然說是迷信，妳不覺得過度狂妄才是真的迷信嗎？」

「好、好、好，這點我說不過妳。」少婦顯然沒有放棄，繼續指出信仰的破綻，「不過，如果妳對神明祈福，不用付出代價就能達成願望，難道不會造成通貨膨脹？比方說，人人都希望得到大量的錢，神明一一允許的話，我們的貨幣會變成一串無意義的數字吧？」

「神、神明才不會實現貪婪的願望。」藍云當然不相信神明存在，只是她除了相信之外無計可施。

「要記得，任何事，都有代價。」少婦語重心長地低語。

「不要這麼嚴肅啦。」

「我忽然想要講一個故事……」

「什麼故事？」

「這是一位英格蘭作家，在西元一九〇二年寫下的短篇小說，名字叫做《猿之手》。」

「別說這些了，我們出去透透氣吧。」藍云一聽到一九〇二年就已經沒什麼興趣，再聽到這個無聊的名稱，更是沒什麼興趣。

「比起出去，我比較想講故事嘛。」少婦知道這個故事不討好，連忙換了一個，「不喜歡《猿之手》沒關係，我還有個壓箱底的故事。」

「別再說故事了……」藍云揉著太陽穴。

「這次的故事不是編的，是深埋在我心中二十年的秘密。」

「不要再拐我了，妳知道聖誕老公公是外星人的故事害我被同學笑多久嗎？」

「抱歉、抱歉，但這次不一樣。」

「是嗎……」

「這是一個可悲、可愛、可歌、可泣的愛情故事，想聽嗎？」少婦原本灰暗的雙眸突然變得有神，發出許久不見的光彩，好像準備跟著故事，一起回到年輕時代。

「愛情故事……」藍云的臉垮下，打從心底抗拒，但捨不得掐熄這難得的光彩。

「故事發生在二〇一二年，記得是夏暑時分，有個颱風襲來……有個系上的……」

「我不想聽，有關於那個人的一切我統統都不想聽！一個字都不想！」

藍云突然大聲咆哮。

畫面碎了。

故事剛開始，就告一個段落。

藍云醒過來，夢也隨之結束。

淚水在無徵兆、無情緒波動、無表情變化之下流出，彷彿是一種身體的自然反應。

少婦是一切悲傷的源頭。

見到她，就淚流。

回想先前。

子緣突然來訪，藍云暫時躲在床底，等這兩個人出門後，卻不小心睡著了。

她從床底爬出來，抹掉掛在眼角的淚珠，跪坐著發了幾分鐘的呆，才順手關掉筆記型電腦仍在播新聞的頁面，利用通訊軟體送出一串訊息給耀元：

因為淚水的量不足，光溶症隨時有可能再次病發，請務必利用這次機會與何子緣打好關係，最少、最少要取得聯絡方式，以便後續取得更多淚水，讓光溶症徹底根治。

還有，你現在人在哪裡，把地點傳送給我。

沒過多久，耀元就回覆一大串的「……………」，以及所在位置的GPS定位標註，藍云稍稍上網查了資料，就非常有把握地出門了，目的地是離公誠大學兩站之遠的著名美式大賣場。

「到底是怎麼回事？怎麼會有人在這種地點約會？」她一邊換好遠行的衣物、一邊碎碎唸：「據我所知，這個年代的人約會，不是去電影院、浪漫餐廳，就是風景區吧？」

已經走出公誠大學校門，準備進入捷運站的藍云依舊喋喋不休地說：「如果是那個笨蛋提議去美式大賣場約會，等他回家我一定要好好教訓一頓。可是，萬一是對方的提議……完了，突然覺得非常有可能。」

依她這段時間對耀元的理解，撇開臉部肌肉麻痺以及偶而毒舌的缺陷，總體來說他是個「心很軟」的人，就算表現得異常冷酷，對萬物敬而遠之，卻會在一些小地方察覺他的溫柔。

譬如說，他會記住室友的偏食，下次的晚餐會避開，他會把冷氣調弱，免得睡上舖的室友太冷，他會在洗完澡後把地板擦乾，讓室友不至於滑倒，他會接待一個全然陌生的人，冒著被學校記過的風險……

這些不起眼的溫柔，其他人會發現嗎？

嗶嗶嗶嗶嗶嗶嗶嗶嗶嗶嗶嗶……一連串催促乘客趕緊上車的尖銳提示聲喚醒神情呆滯、雙頰緋紅的藍云趕緊步入車廂。

「算了，親眼看看就知道了……給我好好表現呀，這場約會只要是腦袋正常、四肢健全的人就不可能搞砸，加油，張耀元！」

美式大賣場需要會員卡才能結帳，但一般參觀管制並不嚴，藍云輕輕鬆鬆就混了進去。

廣闊的場地、高挑的空間，就算是假日湧入大量人潮，現場也不覺得擁擠，這裡給人的兩個印象就是「大」跟「多」，一樣是餅乾，他們賣的特別大包、一樣是飲料，他們賣的不分拆，要就整箱一起搬走。

消費者不是笨蛋，自然會去加減乘除運算，得出的CP值特別高的結果才願意辦會員卡入場，美式大賣場從此以一分錢兩分貨的風格在台灣颳起一陣旋風，所以不難解釋海量人潮的原因。

藍云穿梭在人群中，賣場的冷氣開得很強，依然是累得出汗。

就在找到腿軟之前，總算是遇見了耀元與子緣，她趕緊拿起一頂鴨舌帽戴上，進入偵探的追蹤模式。

耀元推著手推車。

手推車的籃中已經有商品。

子緣與手推車並排走著。

這是好的開始，兩個人至少有了實質的交集，藍云感到非常地欣慰，豎起雙耳想聽清楚他們的對話。

他們似乎已經買齊想要的東西，現在不過是單純地閒晃，在長長的家電區走過來又走過去，然後沒有開口交談，冷冰冰的，彷彿兩個碰巧走在一塊的陌生人，共同推著一台手推車。

關於這種奇異的現象，藍云實在不知道該怎麼解讀。

「為什麼都不說話？」還是子緣先開口，「是不是覺得很尷尬？」

「我目前有個很尷尬的困擾，所以不敢說話。」耀元面無表情地回應。

「什麼困擾？」
「目前不好意思說。」
「放屁了嗎？」
「比這個更尷尬一點。」
「真的不能說嗎？」
「是的。」
「好吧，那為了消除你的尷尬，我也來放一個屁。」
「千萬不要。」
「那就由我來開啟話題，解除尷尬。」子緣雙手握拳，胸有成竹。
「嗯。」耀元很感激。
「對於『那件事』，我很感激，我很抱歉。」子緣深吸一口氣，停下腳步，阻止手推車繼續前進。
他們就在十幾面大大小小並排掛於展示架上的液晶電視牆前佇足，豔麗的風景由2k畫質的影片展現驚人的影像還原，讓這對男女像是穿越了時空，來到不可思議的絕美之地。
「……」耀元對於聽不懂的，選擇沉默。
「謝謝，對不起。」
「貓是我朋友找到的，不用對我道謝。」

「你知道我謝的，不是指找到咪咪。」

「……」耀元對不知道該怎麼回應的，選擇沉默。

「很感謝你這麼長的時間都沒說出去，很抱歉我竟然沒有好好地謝過你。」子緣藏在深藍色長裙下的雙腿在輕顫沒被發現，而手的顫抖就無法掩飾，「其實我一直想找機會跟你說話，只是……一想到當時的狀況，就害怕得腦袋整片空白。」

「不客氣、沒關係，永遠不提那件事比較好。」

「不，能夠說出來，我覺得自己邁進好大一步。」子緣咧嘴笑了笑，隱於雙眸深處的陰霾淡了，但還在。

「是嗎……」

「走吧，往前進。」子緣推著耀元的後背。

耀元推著手推車，他們信步走到服飾區。

還在跟蹤、偷聽的藍云，默默地為耀元鼓掌，第一次正式約會彼此就能敞開心房，把心底的秘密說出來，代表兩人的關係已經定下基礎，原本單純的系上同學，隨時能更進一步。

想到這，她的臉頰不知不覺地泛紅，雀躍地暗自叫好，慶祝發展皆如預期，只要耀元是正常的男性，就不可能搞砸這場約會，所謂的任其自然、水到渠成就是指現在的美妙狀況。

可以感應到他們之間，那若有似無的粉紅色泡泡。

美式大賣場的服飾區，成列的商品都是知名品牌，品質有口皆碑，而且風格一致，走素色樸素的路線，幾乎沒有花俏的圖案，強調耐穿好穿，並沒有什麼時尚獨特的設計感……耀元一直以為年輕愛美的女生，不會看得上這裡賣的服飾。

不過，子緣挑得很認真。

耀元還在思索要怎麼解決自己的困擾。

「這兩件，怎麼樣？」子緣一左一右地舉起白色與白色的POLO衫，大小不一，男裝與女裝。

「不錯。」

「適合嗎？」

「適合。」

子緣低下頭攤開剛舉起的POLO衫，沒讓他看見自己的臉，爽朗地問：「會不會看起來像情侶裝？」

「有點像。」

「你會擔心嗎……這麼像情侶裝的話？」子緣將其中一件擺在自己胸前，像是在比較合不合身，依然沒有抬起頭。

「擔心？」耀元不解。

「嗯，畢竟系上的同學可能會……」

「我懂了。」耀元恍然大悟。

「懂就好，那你也試……」

耀元沒讓子緣講得太明，誠懇地保證道：「放心，我討厭POLO衫，絕對不可能穿類似的衣物，妳不用怕被誤會。」

「……」

「怎麼了嗎？」

「沒事。」子緣的雙手與臉蛋僵硬了五秒鐘，隨後恢復正常，把原本要放進手推車的衣服放回架子上，抬起頭，微笑地說：「那走吧，去逛逛別區。」

眼睜睜地看著他們走遠，一路跟蹤竊聽的藍云目瞪口呆，完全無法理解是怎樣的腦迴路才能在這種情勢大好的狀況說出「我討厭」、「不可能穿」的屁話？這個男人是白痴吧？這個男人根本不正常吧？

情況漸漸……變得有點不對勁。

等到他們到熟食區，就不僅僅是不對勁而已。

藍云的雙掌摩挲，開始有點焦急，這次約會的最低要求是交換聯絡方式，這樣子未來他們才有可能進行第二次約會。

「唉，他們賣的東西都好大一份。」望著一整排冰櫃內的生魚片與壽司，子緣咬著下唇抱怨。

「很大份，但換算起來挺便宜。」耀元認真地計算起來，一片生魚片以及一個壽司的單價，並與市價換算比較，過程不到一秒，幾乎是見到數字就得出答案。

「晚餐好想吃壽司。」

「嗯，其實也到吃飯時間了。」

「這盒鮭魚壽司很不錯耶，但是……太多了，我根本吃不完。」子緣皺著一邊的眉，求助地望向身邊的男人。

聽到這，不遠處的藍云雙手合十感謝神明，顯然子緣並沒有因為情侶裝的事放棄某個白痴，還真摯地提出共吃一盒壽司的邀請，根本是個無比宅心仁厚的女人，依目前的態勢發展下去，還有希望！

「的確，這對女生來說分量太多。」耀元專注於冰櫃的食物。

「就是說呀，不找人分攤根本吃不完嘛。」子緣躬身，伸手去取二十四入的鮭魚壽司。

「還好我一個人可以吃完一整盒。」耀元對自己的食量很有把握。

「……」子緣一愣。

「這麼會吃怎麼不去吃屎啊！」藍云仰天長罵，罵聲碰巧被促銷廣播蓋過去。

子緣的手在半空中凝固，身體變得比生魚片還冷，慢慢地把壽司放回去。

目前的情勢再度急轉直下，藍云的掌心都是冷汗，知道這個男人已經藥石罔效了，這場約會可以說是徹底完蛋，沒有任何挽回的餘地，現在只求得到聯絡方式，沒錯，一定要得到子緣的聯絡方式，未來才有機會繼續搭上線。

她趕緊跟路過的善心工作人員借了手機，對耀元送出只有一段話的簡訊「跟她要聯絡方式」，然後重複十遍送出，傳達出迫切、一定、沒有藉口，不達成絕對不行的決心。

耀元收到簡訊，知道藍云就在附近，連忙送出求救訊息，告知當下的嚴重困擾。

快，我身上沒半毛錢，妳借我。

「什、什麼？」收到簡訊的藍云呆滯了、錯愕了、絕望了……無法想像怎麼有人可以出門約會不帶錢，這已經比山頂洞人……不，這已經比猴子還不如了，公猴求偶至少還會帶串香蕉吧。

……我只有悠遊卡。

藍云只能回覆比絕望更絕望的簡訊。

這年頭有誰出門不帶錢！

耀元刻意用驚嘆號表示質疑。

全宇宙就你沒資格說我！！！！

我是因為突然被帶出門。

我是因為來自未來的啊，我跟你說，未來沒人用紙鈔、硬幣了，連信用卡、提款卡都沒，都是靠虛擬幣跟多重生物辨識來消費。

現在不是炫耀高科技的時……

耀元的簡訊打到一半被迫送出，理由是子緣已經推起手推車，催促他趕快跟上，不要再當低頭族。

「你都沒東西想買嗎？」

「沒有。」耀元不是沒有，是沒錢。

「那我的報恩怎麼辦？」子緣停頓，像是想到什麼，隨即淺笑地說：「乾脆延到下一次吧。」

「……」

「不高興嗎？是你自己什麼都不要的。」

「請我吃一盒壽司。」耀元不希望她掛念著那無關痛癢的恩惠，不希望她再糾結於不好的過去，更不希望在她心裡，自己的形象與那件事有任何重疊，如果執意要報恩，那不如用一盒壽司，與過去徹底兩清。

「為了不延到下一次，你變得真快。」

「壽司，不錯吃。」

「好吧……」子緣推著車，準備回熟食區，可是心中的失落，讓她忽然停下腳步，開門見山地問：「我是不是讓你感受到壓力？」

「不是妳。」

「所以你真的有壓力？」

「是。」

「是什麼？」

「……」

「你不說，我們就在這耗到關店。」

「……」

「我絕對不是在說笑，快說。」

「我沒有錢。」耀元一張幾乎沒表情變化的臉依舊沒有變化，但耳朵發紅、發燙，暗示了所有的情緒。

「哈哈、哈……唔，對不起。」忍俊不住的子緣按住嘴巴，拚命地忍住奔騰的笑意。

「笑出來沒關係，我也覺得很可笑。」

「這又沒什麼，這一點都不可笑！」子緣憋笑，臉漲紅，「是我硬拖你出門，害你什麼都沒帶。」

「妳明明就在笑。」

「我是在笑你的反應很可愛。」

「我覺得糗，不覺得可愛。」耀元依舊沒半點波動地表示。

就在這個微妙的瞬間，手中握著一張千元大鈔的藍云找到他們了，保持著可以竊聽但不會被發現的距離，卻搞不清楚現在又是演到哪齣，他們剛剛的關係不是才降到冰點嗎？怎麼突然又有說有笑？有一種去上個廁所回來，電影劇情就完全看不懂的挫折感。

另一邊，耀元見到子緣嬌笑，代表心情應該不錯，是達成任務的絕妙時機，決定不再扭扭捏捏、旁敲側擊，直接開大門走大路。

「請問，妳方便……」

「嗯？」

沒錯，就是這樣一鼓作氣！藍云雙手握拳，替耀元搖旗吶喊。

「方便給我聯絡的信箱嗎？」耀元抵達終點，可惜跑錯賽道。

不要啊！躲在一旁的藍云在心裡尖叫，嘴巴差點嘔血，就算二〇一二年跟二〇三一年不能相提並論，但總有LINE、FB、MSN、即時通之類的過時軟體吧，到底是哪來的尼安德塔人還在跟女生要e-mail啦！

沒有這樣的啦！太誇張了啦！

「……」聽到這種要求，子緣一呆，有幾分不解。

「妳怎麼了？」

「沒事、沒事。」

「如果妳不方便給也沒關係。」

「沒有不方便，只是你先記一下。」

「好。」耀元拿出手機準備輸入。

「我的聯絡信箱是臺北市羅斯福路七段三巷一號二樓。」貼心的子緣特地細細叮嚀，「寄信時記得加郵遞區號一〇六一七，別忘了喔。」

這下子，換耀元陷入深深的疑惑。

遭受到多重打擊，跪坐在地板上的藍云如中邪一般，喃喃自語道：「完了……完了……完了……完了……」

在藍云好說歹說之下，耀元被迫來到公誠大學內的書局。

書局雖然開在校區內，不過是校方委外經營的，整體風格不像單純販賣原文書、教科書的傳統書局，而是結合文創展覽、手作教室、精緻茶點的複合式書局，店內的陳設與裝潢充滿典雅的書卷味，很多學生都在這吹冷氣，窩在一個角落看著閒書。

寧靜、祥和、若有似無的古典背景音樂。

不太情願的耀元與此格格不入。

尤其在「兩性關係叢書」的專區前，他顯得渾身都不自在。

「果然，這個年代還有實體書局。」藍云一面慶幸、一面選取所需的書。

《男人和女人的情話真話——兩性關係的生活智慧》、《戀愛笨蛋應援團》、《你該知道的真愛秘密》、《為什麼男女互相吸引?卻無法彼此理解!》、《戀愛的三十六道習題》，她把這幾本書統統擺在耀元手中，暗示的意思相當清楚，就是「全部給我讀完」，耀元緊接著把書一本一本地放回原處，暗示的意思也相當清楚，就是「不用了謝謝」。

「你到底想不想治癒光溶症?」藍云的質問有些響，不過這個區域沒有旁人。

「想，但這些書沒用。」耀元當然想，畢竟才享受了兩天半不用穿長袖衣物的日子，光溶症又再度復發了。

「如果你跟何子緣的關係不能更進一步，要如何取得足夠分量的淚水？」

「我不懂之間的關係。」

「你要成為讓她牽腸掛肚、哭笑不得的男人。」

「不想。」

「那只有直接告訴她真相了，看能不能因為同情大哭一場。」

「不要。」

「那你到底想怎樣？」藍云聳聳肩。

「不知道。」耀元很苦惱，真的不知道該怎麼辦，有一種被牽著鼻子走的窩囊感，糟透了。

「不然這樣吧。」藍云再次從書架取出《戀愛的三十六道習題》一書，隨意地翻閱道：「只要你通過『藍云測試』，我們就不用買這些書了。」

「妳……」同樣的招式，讓耀元有苦難言。

「情境問題一，有個女孩子問你『等等下班有空嗎？我知道有家新開的店很好吃』，請問她真正的意思是？」

「想要借晚餐錢吧，她約下班時間，就是不想讓同事知道自己有債務問題。」

「你的情商比尼安德塔人還不如！」藍云翻著白眼繼續出題，「情境問題二，有個女孩子對你說『我一個人住在外面，現在停電好可怕，可以過來聊天嗎？』，請問她真正的意思是？」

「我又不是台灣電力公司，她找我疏通，維修工程也不會加快。」

「算了、算了，跳過這題……」藍云已經懶得批判，接著問：「情境問題三，曖昧許久的對象，在浪漫的星空下，指著自己的唇……」

她頓了頓，耳根有些發燙。

「然後？」

「在你的耳邊膩聲問『想不想嘗嘗唇膏的味道？』，請問……她真正的意思是？」

「好。」

「好什麼好？」

「這次我懂了。」耀元慢慢地點頭，終於從問題中抓出規律，「這本書在傳達男生應該要更主動，不必顧忌太多的意思。」

「喔，真意外你能進步得這麼快……所以答案呢？」

「我會吃。」

「吃？」

「我會毫不猶豫吃一口唇膏，試試究竟是什麼味道，通過女方給的考驗。」耀元還在點頭，語氣縱然平淡，卻隱約帶有「我也不是那麼無知」的驕傲。

「你怎麼不吃塊屎，試試究竟是什麼味道！」剛剛的嬌羞瞬間被怒氣取代的藍云有用書殺人的衝動。

「那答案到底是什麼？」

「答案當然是接……」

「接什麼？」

「……你還是買書自己看吧。」藍云喪氣地將書放回去。

「要取得子緣的淚水一定還有其他辦法，跟戀不戀愛一點關係都沒有。」耀元說完，慢慢地離開這個區域。

藍云嘆口氣後緊接著跟上。

兩人一起走出書店，站在門口望著一片晴朗的天空，卻愁雲慘霧地不知道下一步該怎麼做，領悟到淚水真是取得不易的東西，尤其是對平常沒有交集的人來說更難。

耀元很清楚即便自己有個三長兩短，子緣也不會有過多的情緒波動，更別說產生大量的淚水。

「完了……這該不會是在說你吧？」藍云臉色慘白地拉著耀元到書店門口旁的告示欄。

告示欄上有很多的公告，大部分是社團活動招募，小部分是家教徵詢，唯有一張紅底黑字帶有強力吸睛效果的海報，上面清楚警告著，近期在校園內發現跟蹤狂，尾隨落單的女學生，並且提醒本校占地廣闊，有許多偏僻陰暗的區域，女性一定要多加注意。

「怎麼可能是我。」耀元的表情如一灘死水。

「這不是你們系上發出的告示嗎？」藍云指著海報。

「是。」
「所以何子緣發現你怪異的癖好，已經向校方通報了……嗎？」
「不太可能。」
「喂，這下該怎麼辦？不要在這種時候還維持著撲克臉啊，給我緊張一點好不好！」藍云一想到雪上加霜的困境，就焦慮地不斷晃動旁邊的男人。
「待在遠遠的地方觀察她，不能算是怪異的癖好。」耀元被迫左右晃動著。
「我真的不懂，你這麼喜歡她的話，就直接去邀約嘛，像變態跟蹤她有什麼用？」
「我不是喜歡，我不是變態。」
「那告訴我，你跟蹤人家的原因。」
「感覺很好。」
「你這百分之一百是變態啊，不，等等……你當個跟蹤狂，難不成是想找機會嚇哭何子緣？」
「我不可能傷害她。」耀元不願多說，逕自朝宿舍走去。
藍云依然跟在他屁股後，東張西望著，越望越是膽顫心驚，之前沒特別注意，現在一認真看，赫然發現注意跟蹤狂的海報貼得到處都是，路樹上、大樓外牆上、公共的座椅上，以最高警戒的氣勢，向所有公誠大學的女性警告：「有跟蹤狂，危險，注意！」

「這樣下去，別說是淚水或是接近何子緣，你不要被退學、不要被警方逮捕就很好了。」

「做自己，不用管別人怎麼看。」

「我覺得法官應該不會接受這種說法欸。」

「問心無愧就好。」耀元保持著平淡的語調、平穩的腳步。

完全沒多看那些海報一眼，心裡想著的是晚餐該吃什麼。

「喂，是耀元……嗎……？」

「我是。」

「抱歉打電話給你，目前我這、我這邊有個緊急的狀況……想尋求協助。」

「請說。」

「我這裡有一隻大、大大大……大蟑螂……請救救我！」

「……」

「可以嗎……抱歉，因為家裡實在沒其他人了。」

「等我。」

耀元掛掉電話，全身散出深沉的綠色光芒，整間寢室頓時像樂園內的恐怖鬼屋，森然的慘綠色，簡直是陰曹地府的背景顏色，現在只差幾道陰風、幾聲鬼哭，就幾乎完美還原令人恐懼的景色。

原本在上鋪玩線上遊戲〈仙境傳說〉的藍云嚇一跳，正在打王的騎士因此倒下，身為祭司負責補血的她無視隊伍頻道的臭罵，驚疑地問：「你怎麼會害怕成這樣？」

耀元並沒有聽見，已經穿上好幾件厚重的衣物，將自己包得緊緊，比杜絕病毒的太空裝還誇張，有如活生生的米其林寶寶實體化，奮不顧身地衝出去了。

就算不記得上次在美式大賣場拿到的地址，他也知道子緣住在何處，校門的對街不遠，全速奔跑之下，五分鐘就抵達救援地點。

門是開的，他省略掉禮貌直接闖進子緣與其堂姊合租的宿舍，現場已是一片慘烈，彷彿同時有上百個小偷闖入同一個空門。

不大的一廳兩房的配置，地板散落的小說、衣物、雜物、文件、報紙……幾乎讓人看不見地板是什麼顏色，沙發、書桌、書櫃……之類的家具全部位移，歪歪斜斜的，無法判斷原本擺在哪裡。

子緣一如往常的襯衫、長裙裝扮，不同的是喪失平時的從容，直順的黑色長髮凌亂，髮尾處打了好幾個結，整個人像受驚的貓，雙腿夾著裙襬蹲在餐桌上、雙手捏著耳垂，連親切地對耀元打招呼都辦不到。

與躺在墊子上睡覺的貓，產生劇烈的對比。

「對不起……堂姊，不，整個大三的學長姊都去開研討會了，我實在是找不到其他人求救。」她依舊蹲在高點不敢下來，附近除了拉長線的室內電話，其餘什麼都沒有。

「沒關係。」耀元雙手高舉從男舍借來的掃把，如臨大敵。

「我真的真的真的……努力找尋，想跟牠一決勝負，只是每次看見……勇氣就瞬間消失，無計可施了。」

「沒關係，妳上次看到牠是在哪裡？」

「三分鐘前，沙發後面。」子緣一指。

耀元深吸幾口氣，迅速地往前突進兩步，用腳挪開沙發，立即往後跳個三步，不幸踩到一件短褲，以後仰的方式摔倒，附近的雜物噴散，他旋即狼狽地彈跳起，假裝剛剛什麼事都沒發生。

「有看到嗎？」子緣擔心地問。

「是有看見一道黑影。」耀元向來平穩的語調不穩了。

「耀元……你是不是也怕蟑螂？」子緣總算發現不對勁。

「普通。」要不是多層的厚衣，耀元射出的綠光可以讓這裡變成森林。

「你這麼害怕……卻還是過來救我？」

「蟑螂不過是昆蟲的一種，長得比較醜的瓢蟲罷了，哪有什麼恐怖？」

「嗯……謝謝。」子緣垂下頭，有些意外。

耀元的雙眼專注地掃視每個角落，保證不管多微小的黑影竄出都能發覺，但蟑螂不愧是蟑螂，神出鬼沒地移動，甫一現身，又在轉瞬間遁形，沒有露出太多可乘之機。

體型的差距是優勢也是劣勢，優點是只要用掃把輕輕一揮，就能讓牠死無葬身之地，缺點則是根本找不到機會揮出那致命一擊。

他只能用堅壁清野的方式，把阻礙的家具或雜物一件一件移開，減少蟑螂躲藏的地點，漸漸掌握了其飄忽不定的位置。

很順利地，在兩個房間門緊閉加膠帶封死之下，蟑螂只剩客廳可以隱匿，而原先的躲藏地點又漸漸地被移開，蟑螂總算是慢慢落入躲無可躲、藏無可藏的險境。

目前僅剩書櫃未移。

耀元與子緣大氣不敢一喘，知道蟑螂就躲在書櫃底。

「我移開，妳來……」他說到一半。

「……」子緣搖頭。

「我移開，我來踩。」

「對、對不起……」

「沒事。」頭皮發麻的耀元雙手輕搓，做好一切心理準備。

「加、加油喔。」子緣抱著自己雙腿，不太敢看。

耀元不再猶豫，奮力抬起書櫃。

蟑螂騷動逃竄。

耀元伸腳去踩，沒中。

沒地方能躲的蟑螂瘋狂地盲目奔馳，好快。

耀元去追，再踩，沒中，握起掃把一砸，依然沒中。

蟑螂發現牆角成堆的家具了。

眼見牠又要逃出生天……

啵，一聲！

覺得睡眠被干擾的咪咪，隨意抬起右前足一拍，正中滿懷存活希望的可憐蟑螂。

耀元定格在原處，頓時覺得自己不如一條貓。

「咪咪，不可以咬！」子緣一邊驚呼、一邊跳下餐桌。

捕到獵物的咪咪，叼著蟑螂就往外跑。

耀元緩緩地把高舉的掃把放下，見到一女一貓往室外衝出，自己似乎變得相當多餘。

十分鐘後。

追不到咪咪的子緣回到家，和顏悅色地笑道：「耀元，辛苦你了。」

沒有得到回應，連「不用了」這種客氣之詞都沒聽到。

她原本打算親自下廚煮一頓中餐，犒賞除掉蟑螂的英雄。

可惜，耀元已經回去了。

空無一人。

家裡的家具基本上都放回原本的位置，至少恢復原先六成的樣子，其餘四成他不敢亂動，只能暫且放著。

子緣將長髮盤在頭頂綁好，內疚地捏自己的臉頰，接著垂頭喪氣，準備在堂姊回來之前把家裡恢復到看不出來有任何變故的程度。

她瞄到裝滿食材的小冰箱，更是失落地撥亂原本綁好的髮絲，清秀的臉蛋皺成一團，眉眼間盡是愧疚與歉意，覺得自己是個笨蛋、是個完全不懂男人的白痴。

腳邊，是半截蟑螂屍塊。

子緣彎下腰，徒手撿起，拿到廁所去沖掉。

她看見擺在架子上的書《戀愛的三十六道習題》。

掀開第一處由隨手貼標註的章節，〈虜獲一個男人之前先虜獲他的胃〉。

「根本沒有機會啊……虧我練習這麼久。」

她一面抱怨、一面掀開第二處由隨手貼標註的章節，〈請給他一個英雄救美的機會〉。

「爛透了……」面對滿溢的羞恥感，子緣跪倒在馬桶旁邊，雙手遮住臉，大口大口地呼吸，「我比這本書還爛……可、可是……能看見他逞強的可愛臉龐……又覺得好幸運……」

躲藏在掌心後的臉，幸福地竊笑著。

被藍云嫌棄了整整三天。

耀元想要反駁，又實在難以找到反駁的機會。

好不容易有一隻奉獻自我的偉大蟑螂出現，按劇本發展，應該是你帥氣地挺身而出，勇敢地消滅掉蟑螂，讓何子緣感動痛哭，藉此取得大量的眼淚，徹底根治光溶症，讓世界不會在二〇一二年滅亡。

結果呢，你居然輸給貓，還自我嫌棄地逃跑，沒與何子緣拉近距離、沒跟她約定下一次見面的時間，甚至沒有道別，就這樣給我逃回來。

神明請救救我，不，請救救這個世界吧！

諸如此類，無法釋懷的藍云所說出來的氣話都在耀元的腦袋中迴盪。

他想治癒光溶症、他也不介意跟子緣拉近關係，只是每一回靠近她，頭腦就變得卡頓，就跟手機過熱執行ａｐｐ的那種卡頓一樣，渾身燥熱，反應速度變低。

坦白講，耀元能理解藍云看不下去的原因，如果真的有心想治癒光溶症，那自己的確得更積極一點，主動去尋求得到淚水的機會。

「神明所創造的世界，是平衡的、是公平的，遵循著代價的法則……我們先不管末日的事，就單純來解決你的問題，你想變回正常人，不想像個怪物發出光芒吧？那接近何子緣就是你必須付出的代價。」

藍云語重心長地說出這段話，完全契合耀元的想法，他對成為救世主毫無興趣，但他迫切地希望自己是個正常人。

於是，耀元出發了。

他繼續跟蹤在校園散步的子緣，要找到一個主動跟她攀談的機會。

畢竟昨夜已經想好接近五十個話題，其中包括「蟑螂後來怎麼樣」、「貓後來怎麼樣」、「今天天氣不錯」、「今天心情如何」、「聽說倫敦奧運開始了」、「妳有喜歡的項目嗎？」、「晚餐要吃什麼」、「妳喜歡吃飯還麵」等等……再依情況判斷，使用最適合的問題。

一切準備就緒，只欠一個時機、一道東風。

聽CD隨身聽散步是子緣最愛的運動，她每天會找一個時段，大多是下午的空堂或是晚飯後的傍晚，獨自一人，換上最舒適的慢跑鞋，沉浸在五月天的歌聲中。

身為長時間跟蹤子緣的人，耀元當然能夠算準她從學生餐廳吃飽，開始在校區內散步的時間。

橙色的夕光，將子緣的背影照得有些朦朧，隨著輕快歌曲踏蹬的步伐，讓她像是從童話故事中蹦出的公主，無憂無慮的，沒有半點污染、沒有半點瑕疵，彷彿有她在的地方就是沒有紛擾的完美世界……

實際上，並非如此。

耀元與子緣同系，彼此常常同班，但他真正對她產生印象，認知到何子緣是怎樣的人，是去年的新生訓練，升大二的學生要接待剛考進的大一新生，那是相當融洽的一天。

由子緣負責的關係，沒有學長、姊高高在上，勉為其難教育學弟、妹的情節，反倒像一場團康活動，在歡樂輕鬆的氣氛當中，她說了幾個自創的小故事，介紹系的架構與未來目標，以及系上有趣好玩的地方。

以往沒什麼人參加的迎新茶會與迎新宿營竟然有高達九成的學弟、妹報名，連不太管事的系主任都特地關心地問：「子緣怎麼辦到的？」

耀元相當低調地成為負責新生訓練的小組組員後，算是盡了自己身在團體中不可躲避的義務，不過後續的茶會跟宿營都沒有參加，連抽直屬學弟、學妹時都不在場……

於是，不了解後來，為什麼會變成這樣子。

偏離了正軌。

子緣常常掛在嘴巴的這句話：

我深信，不經意地相遇三次，就代表彼此有緣分，存在著一種特殊的牽絆。

成了諷刺。

從此，耀元養成跟蹤子緣的習慣。

過去的子緣與現在的子緣沒有兩樣，相同的聰慧、相同的灑脫……不過耀元清楚她的心有個部分受傷了，至今沒有痊癒。

天色漸黑。

耀元知道今天差不多到此為止，子緣發覺自己不小心逛得太偏僻，決定要沿原途折返。

他原本主動接近的目標只能延到下一次，下一次有更好的機會、更棒的話題，一定會進展得更順利。

沒錯，下一次見到子緣，一定要主動搭話。

雖然過去經歷無數次失敗與結束，現在下定了決心算是有進步，但耀元還是有些失望，嫌棄天黑得太快，時間快得太無情。

該去替藍云買晚餐了，他準備凝視她最後一眼，希望將那道背影烙印在腦海中方便紀念。

碰！

奇怪了。

耀元瞳孔中的子緣怎麼呈九十度倒地……

不對。

不是這樣。

他摸著從額頭流經眼尾的血液。

原來倒地的是自己。

傍晚，已放學。

系辦公室沒有教職員。

耀元被綁在椅子上，慶幸頭頂的傷口沒有繼續流血。

眼前，有兩個學長，一個認識、一個不認識。

不認識的學長正在打電話，興奮地說：「趕快來系辦一趟，我跟宗岳抓到跟蹤狂了！只是有些為難……嗯，不知道該怎麼處理，好，嗯好，妳快來。」

認識的學長即是宗岳，怒道：「張耀元，我知道你的個性天生古怪，但我依然當你是朋友，像照顧其他學弟一樣照顧，聯誼帶你去，活動也帶你參加，操，沒想到你他媽是個變態，騷擾其他女生就算了，竟然敢去騷擾我的女……竟然敢去騷擾子緣！」

系辦公室的燈只開了一盞，視線有些灰暗、有些淒涼。

宗岳原本帥氣的臉變得格外猙獰，雙眼中除了失望與憤怒外，還有看見穢物的厭惡，對他來講，不管犯了多嚴重的罪，只要不損害到自己，那他皆是抱著看好戲的心態，但子緣不同……情況變得完全不一樣。

耀元被綁在鐵製課椅上，幾道半乾的血痕在清秀的臉上留了怵目驚心的痕跡，身軀歪歪斜斜的，好像隨時會傾倒，沒有接收到深痛惡絕的敵意。

另一位染著金髮的學長，興奮地嗤笑道：「拜託，我早就看出來這傢伙很有問題，雖然從不逃避系上的事，但實際上跟個背景板似的，永遠是到場但不參與，冷冷地觀察其他人，有夠噁心，我反而情願他不要出現。」

「別扯那些，這一碼歸一碼。」宗岳仍瞪著耀元。

「最近天氣熱成這樣，他還穿得像寒流……反正，越看越覺得不舒服，我保證他一定有病。」

「他穿什麼不重要。」

「你有看過他笑嗎？你有看過他對人說超過五句話嗎？上次我們去唱ＫＴＶ，他整場就像個幽靈，還刻意唱了首沒人聽過的歌，彷彿想證明自己已經盡了什麼義務，氣氛被他搞僵了快半個小時，馬的，不爽來就不要參加，不會看臉色的人最讓我討厭。」

「是我主動約他去唱的。」

「他可以拒絕啊，唉，你就是識人不明，像剛剛，我去工學院找人，遠遠看見子緣，原本想打招呼一聲卻意外看見有人鬼鬼祟祟跟蹤、窺視子緣時，馬上打電話通知你，馬的，你原本還不信勒。」

「是我太天真……」

「哪有變態會把『變態』兩個字寫在臉上？我又跟了十分鐘確定他是在跟蹤子緣，立刻用了正義的腳踏車大鎖給予制裁，直接以現行犯逮捕，破獲長時間潛伏在校園內的變態，學校會記個功給我吧。」金髮學長邊說邊笑，大剌剌地坐在助教的辦公桌上。

宗岳不再理他，憤怒地對耀元罵道：「為什麼是子緣？狗雜碎！」

耀元沒回應，即使知道原因。

「之前子緣因為你的關係，怕得搬出學生宿舍，跑去跟堂姊住，她很善良，對任何人都和顏悅色，所以不管我怎麼追問，她都不願意說出跟蹤狂是誰。」

耀元輕輕搖頭，還是冷漠的表情。

「她不說，是怕我會暴怒對付你，也怕你在公誠大學無立錐之地，況且，只要你真心改過，她就打算忍耐，當作什麼事都沒發生過，沒想到你這下三濫的東西，狗改不了吃屎！」宗岳忍無可忍，額間的青筋冒出，一腳將耀元連人帶椅踹倒，「你就是看子緣好欺負對吧！」

倒在一旁的耀元，只是靜靜凝視近乎失控的學長。

「子緣就是太善良了，會委屈自己來對任何人好，她對誰都笑、她從來不懂拒絕人，導致一些不知天高地厚的垃圾得寸進尺，吃定了她的善心！」宗岳再補一腳。

胸口吃了一下，很痛，但耀元像被打醒了，恍然大悟，思索著剛剛聽到的話，與高中時的記憶交互比對，得出一個悲哀的結論，原本自己什麼都沒變，仍在重蹈覆轍，犯一模一樣的錯。

「從現在開始，由我來替子緣拒絕你們這些蒼蠅，聽懂了沒有？聽見了沒有！」宗岳大聲咆哮，貫穿了系辦與外頭的走廊。

走廊像是給予宗岳回應一般，有人接著怒氣沖沖地問：「跟蹤狂在哪？敢騷擾我堂妹，找死嗎變態！」

是子茹，子緣的堂姊，耀元的學姊，風風火火地衝進系辦。

跟在後面的是茫然的子緣。

對她而言，跟蹤狂老早就已經轉學，怎麼可能又跑出一個跟蹤狂？堂姊怎麼會收到「跟蹤狂被抓到了，快點到系辦」的訊息？

等到她看見被綁在椅子上的耀元，瞬間就明白發生什麼事，再等到她看見耀元的血，腦袋轟了一聲，雙手不自覺地緊握，最後等到她看見耀元倒在地上，連一點尊嚴都沒有的當下……

「解開他！馬上！」

是她心疼至極的怒喊。

所有人錯愕，完全混亂的錯愕。

號稱脾氣超好，沒大小聲過的子緣竟然直接抓狂。

在場比她大一到兩歲的學長姊們，連面面相覷都做不到，一個個呆若木雞。

子緣扶起耀元，擔心地用袖子擦掉他臉龐上的髒血，上一秒的憤怒全被下一秒的不捨化解，連珠炮似地問：「還痛嗎？」、「有哪受傷？」、「頭會不會暈？」、「傷口還在流血嗎？」、「我們去醫院好不好？」，內疚與關心讓她根本停不下來。

原本以為通知她們會得到追捧的金髮學長，搞不清楚狀況地問：「我肯定這個傢伙像個變態一路尾隨著妳喔。」

「閉嘴！我不想跟你講話！」

「……」一位學姊與兩位學長再次驚愕。

「喂……你是不是被打傻了？怎、怎麼都不說話？」子緣捧著耀元的臉，每一個尾音、每一次皺眉都是焦慮，「好歹說一句話啊，耀元，意識還清楚嗎？別、別嚇我好不好？」

意識相當清楚，傷口沒有大礙，表達能力也沒有受損的耀元，不說話只是因為不知道該怎麼解釋現在的狀況……不過再不開口說點什麼，恐怕會被送到醫院。

「妳晚餐……吃了嗎？」耀元終於達成之前下的決心，要主動開話題閒聊。

「……」子緣沒想到會被問這種無關緊要的問題。

氣氛頓時一僵。

覺得自己搞砸的耀元自顧自地補充道：「我還沒，得去買……」

「現在是吃飯的時候嗎？你、你這個……」子緣原本橫眉倒豎的臉被這個無厘頭的自問自答逗得融化，但為了不被任何人看見自己好氣又好笑的表情，只得低下頭故作鎮定地說：「嗯，沒事就好，去買晚餐吧。」

被腳踏車大鎖敲了頭、被綁在椅子上羞辱、被踢了幾腳……耀元恍若無知無覺，默默地走出系辦，途中似乎想到什麼，站定腳步，回首對子緣徐徐地說：「我什麼都沒講，妳不必為了我，說出不想說的。」

子緣抿著唇，除了心裡不斷大罵他是笨蛋之外，其餘的鼻酸、輕顫、眼淚都忍住了，過去的事，比想像中的影響更深遠，那個不可告人的秘密被深埋，要挖出來得付出百倍、千倍的痛。

耀元默默地走了，渾身髒兮兮地去買晚餐。

為了這樣的背影，子緣願意動手，血淋淋地掏心掏肺。

系辦內的沉默還在延續。

金髮的學長被趕走了，住太遠的助教還沒到。

燈光依然保持一盞。

但子緣的學長與堂姊卻覺得更暗了。

「去年由我主辦的新生訓練、茶會、露營、抽直屬學弟、妹，一連串活動，我不敢說真的幫助到多少人融入大學生活，但至少，總共六天的時間，當時，大家都很開心吧？」

宗岳與子茹搞不清楚為什麼要突然提起毫不相干的事，不過子緣反常的語調令他們不敢多問。

「我們大二生與大一新生相處得很好，連系學會都召到許多夥伴，不管是什麼校定活動都找得到人，到現在大二生要升大三了，還是不少人跟當初抽到的直屬學弟妹的關係很好……當然……我也曾經跟自己的直屬學弟處得不、不錯……」

隨著子緣無助地靠在牆壁，一個不起眼的姿態，讓她的學長與堂姊聽出一點頭緒。

「大概是我跟學弟很有緣分，常常不經意地碰面，在我吃中餐的時候、在我參加社團的時候、在我於圖書館讀書的時候……一次、一次、一次的巧遇，讓他相信我們之間有發展的可能……大概、大概是我不自愛給出太多錯誤的訊息，沒有拒絕他吃飯的邀約，還介紹他加入社團，待在讀書館讀好多天的書……大概大概、大概是我的問題……」

不管心裡建設過幾次，每當挖出這段秘密，都讓她痛得眼眶泛紅。

這是不會隨時間癒合的傷。

只有不想、不說、不回憶，當作沒發生過，才能稍稍緩解這種自虐式的自責。

「是我的錯，半夜失眠，跑到偏僻的校區聽歌散步，是我沒有警覺心，再度巧遇學弟，還以為只是單純的巧遇，是我太過遲鈍，面對學弟的告白，才知道學弟暗戀我，是我太過直接，拒絕得不夠委婉，才讓學弟暴怒……把、把我拖進旁邊的草地。」

「我要殺了這個畜生，我要讓那個畜生永世不得超生！」宗岳破口大罵，雙眼赤紅。

「堂妹，妳後來、後來有被怎樣嗎？為什麼都不告訴我？傻瓜！」子茹破口大罵，哽咽地強調，「而且錯的不是妳，絕對不是！」

「學弟的力氣很大……我掙脫不了，沒有餘力拿出手機求救，不過，我沒事，不用擔心，我現在不是整個人好好地站在妳面前嗎？唯一的損失就是被扯破的衣、衣服而已。」子緣揮揮手，微笑著表示沒事。

「妳真的是變態狂吸引機欸，難道妳不知道被張耀元跟蹤嗎？」

「我知道。」

「那妳還？」

「他不是在跟蹤我，他是在保護我。」子緣很篤定。

「妳瘋了啊！」子茹也很篤定自己的堂妹瘋了。

「我之所以可以平安地逃脫，是當時路過的耀元聽見我的叫聲，他、他……跟學弟打了一架，搞得傷痕累累的……他奮不顧身地救了我。」子緣如囈語，喚起當時的記憶。

「既然如此，他為什麼不說？」

「是我要他發誓，絕對不能說出去。」
「不能說？拜託一下，我的堂妹啊，都發生這種人神共憤的罪行了，妳還替兇手掩飾？」
「我不是為了學弟。」
「那是為什麼？」
「因為很羞恥、很丟臉……我只想把這段記憶徹底抹去，要不是耀元揹了黑鍋，這一生我都不會再提起。」子緣雙手抱胸，像是冷，又像恐懼。
子茹的嘴張得很大，卻始終發不出半個音，說不出一句完整的句子，她完全不懂從小和自己一起長大的堂妹為什麼會有這種想法。
但她明白，正是自己沒經歷過這麼可怕的事，所以才不懂。
「後來，妳的直屬學弟……不，那個畜生就乾脆曠課辦轉學逃了吧？」宗岳漸漸想起當初真的有一位怪異的學弟，「現在正在其他地方逍遙法外！」
「我原本很惶恐，惶恐到搬出宿舍、惶恐到刻意迴避有關學弟的一切，甚至故意疏遠耀元，就是怕自己會想起那晚的情形，不過他沒怨恨我，還刻意保持距離，躲遠遠地保護我。」子緣歉然之餘，展開一個烏雲盡去的笑容。
「不過他是個怪……」子茹說到一半。
子緣強行打斷，不想聽到任何詆毀耀元的話語，肯定地說：「是他給我勇氣，讓我慢慢恢復正常，漸漸與過去一樣，上課、散步、社團活動，不再恐懼。」

「是嗎……」子茹想確認，試圖從她的雙眸中分析出真假。

「嗯，所以我喜歡他，耀元就是我的超級英雄。」子緣說出真心話，沒有隱瞞。

藍云發現耀元不對勁，但是很難從他面部肌肉癱瘓的表情中探出更多。

昨晚，耀元出門買晚餐，整整買掉四個小時，問他是不是出了什麼意外，沒想到得到的答案是……

「迷路。」

這種氣死人的回應。

藍云不放棄繼續追問，那臉上的血跡是怎麼回事，問他是不是出了什麼意外，並且規定不准用跌倒來敷衍，沒想到得到的答案是……

「蚊子，打死後。」

「騙鬼啊，這蚊子未免太肥了吧！」

「妳都能來自未來，我遇到拳頭大的蚊子也並非不可能。」

「……」藍云氣得直發抖，恨不得讓他知道什麼叫拳頭，「不說就算了，我本來就是隨便問問而已！」

她嘴巴是這樣說，但為了耀元詭異的傷幾乎整晚睡不著，躺在寢室的上鋪，望著壓抑的天花板，反覆思索推敲剛剛獲得的訊息。

基本上，張耀元是個連世界末日都不太在意的人，或者說他是個無所求、沒什麼欲望，只求盡本分一天度過一天的人，這個世界唯有何子緣能讓他變得積極，所以非常有可能他們碰上什麼危險，只是危機已經解除，僥倖地平安落幕。

是怎樣的危險？她猜不出來了。

苦思到天亮，藍云的眼眶變黑，總算弄懂這樣下去永遠沒有結果，還不如繼續推進計畫，說不定會發現蛛絲馬跡。

一反昨晚氣呼呼的模樣，今天一大早，她決定既往不咎，連早餐都沒吃，就找耀元開一場認真的作戰會議。

耀元坐在下舖，一手拿著棉花棒、一手拿著優碘，打算替破掉的頭皮上藥，不過傷口在後腦，他瞄準幾次都沒命中，動作相當滑稽與笨拙。

「再這樣下去，這個世界就要完蛋了。」藍云將藍色的瀏海勾至耳後，搶過他的棉花棒與優碘，「我們必須制定計畫，施展出最終大絕招。」

「什麼計畫？什麼絕招？」

「一個短線計畫、一個長線計畫，長線計畫正是最終大絕招。」

「……可以不要嗎？」

「短線計畫，就是你約她去看電影，刻意挑超恐怖或是超感人的類型，一定能一舉弄哭何子緣。」藍云撥開他的頭髮，總算是找到傷口。

「可以不要嗎……」耀元的身軀一震，牙根咬緊。

藍云細心地抹藥，只是抹得比較猛、比較大力，表面上說這樣藥效才能透入傷口，實際上就是公報私仇。

「妳有點卑……」

「真正關鍵的是長線計畫，這也是一擊必殺，讓何子緣痛哭失聲的殺手鐧。」

「我有不祥的預感。」

「你知道何子緣最喜歡什麼嗎？」

「妳會知道？」

「五月天，她是五月天的死忠粉絲。」

「妳怎麼知道的？」

「給我聽好……」藍云湊到耀元的耳邊悄悄說……

他的臉色再也不像平靜的海平面了，眼尾抽動，嘴角抽搐，隨著計畫的輪廓更清晰，臉部肌肉就失控得更嚴重，聽到再也聽不下去，把頭扭到一邊去。

「太愚蠢了，我辦不到。」

「你都沒試過。」

「妳不要把幼稚園那一套用在成年人身上。」

「一定有效。」

「子緣不可能喜歡的。」

「我保證她喜歡。」

「少說這種蠢話……我不可能損毀自己的尊嚴到這種程度。」

「從我們見面到現在，除了太多個泰利颱風害我搞錯之外，我說的話有失準過嗎？」藍云收起優碘，正色道：「先前我說能治癒光溶症唯有何子緣的淚水，你也是壓根不信，現在呢？還敢質疑我？」

實事求是的耀元無法否認擺在眼前的事實，逃避地說：「再看看吧，說不定根本用不上妳這招。」

「長線計畫之所以叫長線，就是現在要早點開始，未來才有收穫的意思。」

「……」

「那個簡單又便宜，先去網購。」

「再看看……」

「嘖，真是聽不懂人話的馬鹿洞人。」

「不要以為我不知道馬鹿洞人，是指在雲南蒙自馬鹿洞中發現的人骨殘骸，距今一萬一千年前，為特徵與現代人明顯不同的史前人類……妳在拐彎罵我未開化。」自從被說是山頂洞人、尼安德塔人之後，耀元就去查了相關資料。

「好啦，很厲害，你這隻北京猿人，網購姑且暫緩，但短線計畫現在一定要執行。」藍云沒好氣地與他並肩坐著，彎下腰，以毫無女人味的姿勢，從床底拿出預藏的紙筆。

紙是粉色帶有香氣的信紙，以及信封。

「這又是？」

「你不是跟她約好要寫信聯絡嗎？」

「這個年代，還真的寫信？」

「後來我想一想，說不定可以加深她對你的印象，畢竟現代人都用網路通訊，而你用親筆寫信，比較起來誠意十足。」

「寫信去約她看電影？」

「沒錯，反正暑假了，怎麼約都沒問題。」

「……要看哪部電影？」

「我查好了，這齣《熊麻吉》應該是演可愛小熊的冒險故事，女生保證喜歡，馬上動筆去約吧。」

藍云壓著耀元的頭頂，像老師在緊盯學生寫生字簿，一個字一個字進行指導，總算是寫完一封在現代絕對沒人這樣做的邀約信。

她取過信紙，摺好放進信封，黏上一小截膠帶，催促他拿去寄，順便把早餐買回來。

耀元將信投入信箱。

兩個小時又四十二分五十五秒過去。

子茹從信箱取出信。

她一臉狐疑，完全不能判斷這是什麼東西，這年頭信箱只會收到帳單與廣告，但明顯這封信不是，基於尊重堂妹的隱私權，她不敢擅自開啟，急急忙忙地爬上樓梯，拖鞋發出的啪啪啪啪聲迴盪在陰暗密閉的樓梯間。

家裡的子緣正在閱讀《哈利波特》小說，為堂姊遞過來的信感到詫異。

「妳的信，打開來看看。」

「誰寄的？」

「我也很好奇呀……難道、難道這個年代還有人寄情書嗎？」子茹的八卦之火熊熊燃燒。

從自己的堂妹說出喜歡那個怪人開始，她的心情就盪到谷底，對她來說，很感謝張耀元仗義相助，也很抱歉誤會張耀元是跟蹤狂，但，僅僅是感謝與抱歉而已，怪人依舊是怪人，並不會改變。

堂妹是叔叔與嬸嬸捧在掌心的明珠，聰明伶俐，學業頂尖，從小到大不知道被多少人追過，會成為變態狂吸引機也是因為條件太好，至於外貌……是她根本沒有保養化妝的概念，才看起來比較平凡一些。

她希望堂妹最好能跟宗岳這種層級的男生在一起，再不濟也不能是那個怪人，總之，誰追求堂妹都好，越多越好，最好出現個白馬王子，一舉挽救這個危局。

「是耀元……」子緣將信放在鼻子邊嗅了嗅，綻出一個不需化妝、不需點綴就堪稱無瑕的笑容，「還香香的呢，嘿嘿。」

「妳不要笑得跟白痴一樣。」堂姊翻著白眼吐槽。

「他約我去看《熊麻吉》。」

「第一次約女生就看這種限制級的下流電影，證明他不是個好人。」

「兩天後的下午一點，我、我是不是該開始準備了？」

「別去，女生單獨赴約太危險。」

「堂姊，妳那件很漂亮的小禮服借我穿好不好？」子緣雙手合十。

「妳認真聽我講啊啊！」子茹捏了堂妹的臉頰，前後前後。

「我很對不起他。」子緣收起笑意，非常地認真。

「我說過一千次了，妳沒有對不起任何人，即便他被誤認成跟蹤狂，還挨了一下腳踏車大鎖，那也不是妳的錯。」

「過去……我為了逃避那段不堪的回憶，刻意躲避耀元，把救我的人與傷害我的事連結，連個簡單的『謝謝』都沒跟他說過。」

「不跟怪人說話很正常吧。」

「後來靠咪咪走失的機會，命運再度讓我們聯繫在一起，我絕對、絕對要讓他知道我有多感激、有多喜歡他……」

「不對呀，這樣子說的話，妳應該要喜歡白光俠。」

「不是虛構的嗎？」

「我覺得說不定真有其人，一起去找出來吧。」子茹鬆開手，只要不是怪人，虛構人物也無所謂。

「別去叨擾忙著拯救世界的白光俠了，我這麼平凡的女生能顧好自己的初戀就已經很棒，老實說……耀元是不是也喜歡我還很難講呢。」子緣苦笑，眼波流動。

「妳這個蠢……」

「妳也知道，暑假就這麼短，我如果不把握機會，未來一定會後悔。」

「我覺得妳去了才會後悔。」

「從小妳就嫌我是個書呆子，長大後還說我是個無法處理人際關係的宅女，現在我總算要跨出關鍵的一步，難道不支持我嗎？」

「對了，我想到了，這一定是吊橋效應，當妳遇見危險的時候，碰巧遇到了張耀元，所以對他產生依賴，誤以為他是妳的救命恩人，進而出現錯誤的情感。對，沒錯，一定是這個樣子！」

「如果真的是吊橋效應也無所謂，這可能也是神明安排的緣分吧。」子緣笑得更開心。

「糟糕……」子茹見她陷入這種痴迷狀態就知道完蛋了。

還記得，不知道是小五還是小六的時候，她一如往常跟堂妹在公園玩，卻意外撿到一本好多字的小說，依當時的年紀與閱讀能力，小學生要讀用字艱澀的大部頭小說很難，更別說整本書連一張插圖都沒有，書名也是無趣到不行的那種。

她幾乎在五秒鐘內失去興趣，可是小一歲的堂妹不一樣，居然津津有味地讀起來，上頭至少有三分之一的句子是看不懂的，卻沒有阻止子緣閱讀的欲望，還寶貝地撿回家去。

為什麼要撿一本讀不通的書？子茹的疑惑油然而生。

因為遲早有一天會讀通。子緣的回答近乎任性。

也是這樣的任性，導致她一旦看上了，就是一往無悔、死心塌地。

目前依這種情況來說，要她放棄張耀元，只有非常強大的外力干涉，再加上不可抗力的意外才有可能，然而，這樣一來，何子緣恐怕也不再是何子緣，絕對是兩敗俱傷的局面。

「聽我的，妳……妳不要太急。」思緒拉回現在的子茹由衷建議，「多認識他、多跟他互動，再去下『喜歡他』的定論。」

「好的，堂姊。」子緣比出OK的手勢。

可是她的堂姊一點都沒有放心的感覺。

「咳咳……咳、咳咳，那個下午約會用的衣服和那個都寄來了吧？」藍云咳著嗽，看一眼螢幕右下角的時鐘，距離約定的下午一點還有五個小時，還能一面悠閒地看五月天演出的綜藝節目、一面吃著可口的早餐。

「昨晚就收到了。」耀元平淡地問：「感冒了嗎？」

「沒，咳咳……咳只是喉嚨癢而已。」藍云再咳幾聲，恢復正常地說：「既然那個都寄來了，該好好練習唷，一定要趕在八月二十四號。」

「別定日期了，我還沒追究妳用我的帳號在網路上亂買東西的問題。」

「買的東西都是給你用的，我哪有問題？」

「請問，此刻擺在上鋪的玩偶是什麼？看起來很像是五月天主唱的Q版造型。」

「購物滿千元送的。」藍云眼神飄忽不定。

「可是帳單不是這樣顯示，要我唸出價格嗎？」耀元的眼神冷漠。

「不、不要給我轉移話題喔，現在是討論練習的事！」

「我絕對不會按妳的長線計畫去做。」

「在不能透露光溶症的情況之下，你還有其他取得眼淚的辦法嗎？」

沒有。

耀元苦思許久，遲遲沒有更好的方式，只能祈禱著電影《熊麻吉》是走溫馨感人路線，能讓子緣感動到嚎啕大哭，看能不能一次取得大量眼淚根治光溶症……當然，成功的機率很低。

至於藍云構思的長線計畫，更是他情願病發身亡都不願執行的。

左右為難，只能懊惱為何自己會得這種怪病。

藍云無奈地搖頭，將早餐一口氣吃完，繼續趴在筆記型電腦前看綜藝節目。

耀元站起來，把垃圾收集成一包，換上不合季節的厚衣長褲，忍著很難適應的高溫，一臉木然地準備去丟垃圾。

他打開房門。

房門外，站著一位女子。

深藍色的遮陽帽微斜，黑色的長髮梳到左胸前，稍稍遮住驚嚇泛紅的臉蛋，十根手指纏在一塊，白淨無紋鑲著深藍色花邊的洋裝，雅致的羅馬鞋露出十根沒有指甲油的指頭……就這樣簡單地由上往下一掃……

是子緣。

耀元面無表情，但握著門把的手在抽搐。

「對不起，是我早到了。」她雙手合十，雙眼緊閉，道歉。

一時之間，耀元沒辦法說出「沒關係」這三個字，因為現在是上午八點多，距離約定的時間還有四個多小時……

怎麼可能有人早到四個多小時啊？況且約定的地點是電影院售票口根本就不是男舍，昨晚網購買的服飾還在屋頂曬著沒收，寢室內也沒有整理過……不對，等等！藍云？

耀元猛然回頭，原本趴在下舖的藍云已經消失，只剩筆記型電腦仍在播放節目。

估計是躲進床底了吧？他悄悄鬆了一口氣。

「謝謝你約我去看電影，只是電影太晚播了，所以就跑過來找你，我們可以……可以……」子緣有點掰不太出來了，原本是打算想到理由才敲門，萬萬沒想到門突然開了。

「可以？」

「嗯，我、我們可以一起……一起……」

「一起？」

「喔喔喔，一起看奧運，沒錯，就是看奧運，我們一起為中華隊加油！」子緣握拳，佩服自己的反應快。

「……」耀元不可能拒絕她的邀請，不過藍云還躲在床底該怎麼辦？

「你……不替中華隊加油嗎？」

面對國族大義，他只能說：「當然支持，請進。」

「謝謝，我告訴你，每次我支持的隊伍都會贏。」子緣踏著輕快的腳步進屋，禮貌地坐在唯一能坐的床緣。

耀元先把垃圾放在門外，慶幸藍云像貓有地盤觀念，她的私人物品幾乎都放在上鋪，上鋪又有圍簾遮擋，如果不特地去翻衣櫃，基本上看不出來有另一人生活的跡象。不幸中的大幸。

床邊，子緣與耀元並肩而坐。

床底，藍云抱著玩偶躲藏，能看見床外四隻腳，女的秀氣併攏摩挲，男的焦躁不安抖動，氣氛實在相當壓抑。

子緣不認輸，努力搜刮腦中關於奧運的新聞，主動開口道：「雖然我對體育運動不在行，但是這次奧運，我們在跆拳道、舉重、射箭應該都很有機會，像許淑淨、曾櫟騁選手都很出色，於是我一大早，就規劃好了，想說你可能也喜歡。」

「看什麼都好，不過現在倫敦應該是半夜，沒有比賽的樣子……」耀元說出癥結點。

「……」子緣甩過頭去，表情懊悔，陷入窘境，可恥到恨不得用皮帶上吊，

「是、是嗎？」

原來現在的時間根本沒奧運可看，如此說來，假借奧運的名義，實則想跟他共處一室的念頭，已經徹徹底底被拆穿了，自己不要臉的羞恥想法完全被心上人得知，除了成為他的女朋友之外，沒有第二條路可走。

「不要緊。」耀元使用擺在摺疊桌上的筆記型電腦，一邊想著該怎麼幫藍云脫身，一邊說：「沒有現場直播，但有重播可以看。」

「耀元。」

「有找到跆拳道的比……」

「別看重播，乾脆聽我說故事算了。」子緣看向身邊的男生，雙眸中有一股「反正都這麼丟臉乾脆豁出去」的堅毅。

耀元自認抓到機會，站起身，關心道：「不如去早餐店講故事，妳沒吃早餐吧？」

「不行。」子緣拉住他的袖子，讓他坐回身旁，「這個故事只有你能聽，我、我不好意思在外面講。」

距離他們一個床板之遙的藍云，聽到這裡，緊緊咬著下唇，心裡很開心、很開心，自己的計畫遠比想像中順利，所有的努力都沒有白費……明明應該很開心、很開心

的……明明應該……

完全不懂另外兩位女性的想法，耀元猜測邀約早餐失敗，大概是她要講的故事要玩哏或是搞笑，而為了這點小玩笑話，跑到公共場所去破壞形象實在沒必要。

「請說。」耀元心想，我會盡力配合做出效果，這是處理人際關係進步的證明。

「嗯，咳咳，我要說囉。」

「請。」

「這個故事發生在很久很久以前，有隻麻雀討厭待在籠子內，牠熱愛飛行、熱愛到處結交朋友，相信每個巧遇都是緣分，只可惜……緣分並不是全由善意組成，原本該是牠朋友的烏鴉，突然心性大變，張開嘴準備吃掉麻雀。」子緣說著說著……漸漸不敢看向耀元。

耀元是個不錯的聽眾，不言語、不推敲故事發展，很安靜。

「就在危急之際，平時獨行的老鷹出現了，帥氣地趕跑烏鴉，拯救麻雀的性命，不過，麻雀已經被嚇得失去冷靜，連謝謝都沒有說，就逃回籠子中不敢再飛出來……」

耀元沉著地等待故事的反轉。

「不敢飛的麻雀躲在籠內許久，難免會遇到不得不飛出去的時候，牠很害怕，每一個振翅都帶著恐懼，直到她意外發現老鷹在遠遠的地方，與自己碰巧飛一樣的方向……這樣子，烏鴉就不敢來了吧？麻雀的心漸漸安定，接連著，三次外出飛行都巧遇老鷹時，牠頓時懂了。」

「懂了什麼？」

「不經意地相遇三次，就代表彼此有緣分，存在著一種特殊的牽絆。」

「了解。」耀元終於弄懂這句話的由來。

「之後，麻雀每次出門翱翔，都會碰巧遇見老鷹，牠們隔得遠遠地展翅飛翔，沒有交談、沒有接觸，連眼神的交會都沒有，但就是這麼巧，牠們總是在同一時間朝同一方向飛，巧遇了整整一百次，於是，麻雀又懂了……」

「嗯？」

「不經意地相遇三次代表緣分，不經意地相遇一百次……是代表他是喜歡我的吧？」

「原來是個愛情故事。」

「是的。」子緣淺笑，心臟跳得好快。

「我很喜歡。」耀元同時微笑。

「聽完故事，你覺得老鷹是不是喜歡麻雀呢？」

「不一定。」耀元感覺到小腿被人捏了一把，很痛。

「不、不一定？」

「應該說，我不知道。」耀元的小腿已經快要爛掉。

「……」子緣愣然。

「畢竟創作者是妳，只有妳能決定故事的走向。」

「我嗎？」子緣垂下雙睫，略帶失望地說：「說得也是……」
「嗯，現在時間雖然還早，妳想不想去外頭散散步？」耀元接收到藍云的暗示，誤以為她在催促他們離開。
在床底聽到接近七孔流血的藍云，又是捏、又是刺、又是摳，就是想提醒耀元，女生都已經暗示到這種程度了，還在說些什麼狗屁不通的廢話！可惜，她越是攻擊耀元的腳，他反而認為藍云躲得不耐煩，在瘋狂地催促。
「好呀，洗手間借我一下。」
「好，我收拾東西。」
子緣一進到廁所，藍云的上半身爬出來，氣惱地比著複雜的手勢，要耀元趁機會告白，忙著帶錢以及確認衣物穿得夠厚的耀元根本就看不懂，隨便比幾個手勢回應，告訴藍云不要吵，先脫身再說。
雞同鴨講。
沒多久子緣走出廁所，表示可以出發沒問題了。
耀元也確認自己該帶的都有帶，不會像上次在美式大賣場一樣出糗。
兩人開門出去之際。
子緣好奇地問：「這間宿舍是你一個人住嗎？」
「目前是這樣，估計開學之後就會有新的室友搬進來。」
「原來如此……」

這是躲在床鋪底下的藍云所聽見的最後一句話，她只能眼睜睜地看著他們出門，進行一場不知道會不會順利，甚至不知道算不算約會的約會。

基本上女方都暗示得這麼明顯，男方只要是正常，不要太過分，一定會有好消息，然而最大的問題是，耀元這種北京猿人的腦容量不正常，而且還很過分，說不定真的得用上長線計畫，才有辦法讓兩個人修成正果。

還有一個問題。

這小小的問題卻如鯁在喉，讓她一直很在意……

子緣從廁所出來後說話的語氣，頗怪。

「找到線索了！」

子緣的堂姊一進家門就欣喜地大喊。

可惜沒收到期待中的欣喜回應。

子緣就坐在自己最愛的沙發上，外出的洋裝沒換，遮陽帽沒摘，長長的髮絲往前梳，遮掉百分之七十的臉，如雕像般僵硬不動，再配上點綠光與乾冰，真的跟含冤而死的女鬼沒差多少。

「妳是怎麼了？」子茹收起興奮之情，走過去坐在沙發扶手上，關心地撥開堂妹的長髮。

「沒事。」子緣失魂落魄。

「是那個怪人在約會中試圖對妳怎樣嗎？」

「沒有，他對我很好……我一大早就跑過去，他也沒有生氣，還陪我去散步，請我吃了中餐，看下午一點的電影，最後送我回家，過程中很有耐心又很溫柔。」

「難道是電影太難看……嗎？」

「我不記得電影演什麼，只是附近的觀眾一直笑，而我卻有點想哭。」子緣沒哭，只是闡述一種哀怨的情緒。

子茹猜不出堂妹的想法，乾脆直接問：「那妳到底是在失落什麼？弄得像告別式一樣。」

「我不太確定……」

「妳說出來，讓我來確定。」

「萬一是我誤會了怎麼辦？」

「那個怪人常常被誤會，應該不會介意。」

「堂姊好過分。」

「妳是到底要不要說？」子茹捏她的耳朵。

「我聽耀元說，他原本的室友退學了，所以雙人房的寢室就一個人住。」子緣咬著指甲，仔細地回憶。

「這麼好。」

「我在他的寢室的確沒看見什麼不妥……」

「欸，妳一個女生，怎麼能隨便跑進男生房間？」

「那不是重點。」

「我覺得是。」

「真正的重點是在浴室……我在裡面看見兩枝牙刷、兩條毛巾。」子緣的語調漸低。

「他有同居的女友！」子茹大喜過望。

「妳未免跳躍得太快了吧？」

「不，妳一定發現牙刷、毛巾、漱口杯、洗面乳、洗髮乳、沐浴乳都是女生喜歡的款式或味道。」

「妳是偵探嗎？這些東西也有，有可能是前任室友忘記帶走啊。」

「這種事簡單地判斷使用狀況就知道答案了吧，妳何苦自己騙自己。」

「妳在高興、臭屁什麼啊，幸災樂禍嗎？」子緣反捏她的臉頰。

子茹撥開她的手，俐落地往後挪騰幾步，雀躍地說：「居然把女朋友藏在男舍，這被校方知道一定記過，怪人終於要完蛋了。」

「妳只要敢說出去，我會……非常、非常、非常地生氣喔。」

「不說就不說，兇巴巴的幹什麼？」

「我覺得未必是女朋友，也有可能是男生，只是比較偏女生的審美觀，難道男生就不能用Hello Kitty的毛巾嗎？男生就不能喜歡女用洗髮乳嗎？不一定吧。」

「從機率來說，呵呵……」

「這是性別歧視。」

「我覺得這是老天給妳一個反悔的契機，同時賦予我，給妳一個全新的機會。」

「堂姊，妳真的有點怪，我已經這麼煩惱了，妳到底是在高興什麼啊？」子緣抱怨道：「盡說些奇奇怪怪的話。」

「我找到白光俠了。」子茹辛苦了整整三天，總算是找到泰利颱風那一夜，有關白光俠的線索，語氣中疲憊與驕傲皆有。

「妳找到什麼？」

「白、光、俠。」

「所以……真的有白光俠？」

「沒錯，他真實存在。」子茹開始手舞足蹈地描述這三天付出多少心血。

以堂妹跟個怪人在一起是沒有未來的信念為出發點。

當初預設可以當妹婿的宗岳機會不高了，系上的男生大多歪瓜劣棗，沒人配得上堂妹。

被逼上絕路的她突然想到白光俠或許是個突破口。

趕緊找了里長調監視錄影，但泰利颱風雖然沒有造成嚴重傷亡，強大的風雨卻摧毀了許多監視器，剩下倖存的監視器要嘛角度不對、要嘛畫面不清，拍攝的效果很糟糕。

她沒有放棄，斷斷續續看了十幾個小時的影片，依然是一無所獲。

只能說皇天不負苦心人，就在她到處打聽的第三天，也就是今天，竟然問到住附近的一位計程車司機，他停在小巷的車有安裝二十四小時不斷電的行車記錄器，果然錄到泰利颱風的風雨中，白光俠行善的義舉……

「我已經把影片存到我的手機當中，告訴妳，白光俠長得很帥，身材相當勻稱，給人一種安全感，三分像崔始源、七分像宋仲基，重點是，在這麼危急的情況下，他挺身而出奮不顧身地拯救妳，根本就是在拍偶像劇，超暖、超感人的！」

「那什麼十元？送終？是誰呀？」

「算了，跟妳這種不看電視的人講也沒用，反正影片看下去就知道。」

這對堂姊妹湊在一起，頭靠著頭，四隻眼睛注視著小小的手機螢幕，儘管沒有錄到聲音，可是抖動的畫面還是完美地還原當時的狀況，風有多強、雨有多猛……雜七雜八垃圾以及掉落物，一個一個像武器一樣，咻咻咻地到處飛來飛去。

沒過多久，白光俠出現了。

「拜託一下，這個影片連人都看不清楚，妳又知道他長得怎麼樣？況且身材就跟耀元差不多啊。」

「妳現在是在嫌棄救命恩人嗎？」

「不、不是……對不起，我沒這個意思……」

「就算是鏡頭的左下角，勉強拍到你們的身影，但妳看清楚，他是怎麼保護妳的。」

隨著子茹的語意，子緣重新認真地凝視手機螢幕。

風雨讓畫面模糊，沒對準的鏡頭角度更是看不真切，但仔細去看，依稀能見到一名女性的手電筒突然熄滅，旁車的警報器大作，紅黃兩色的光交替閃爍，接著發出白光的男性登場，好像是在大喊什麼，彼此的溝通被狂風打亂。

然後……很顯然是子緣的女性，話說到一半就被飛來的垃圾桶K到，整個人軟倒在柏油路面，而男性，也就是白光俠，很快衝了過去抱起子緣，再來白光忽然變得更亮，光芒整個暈開，幾乎包覆著他們，行車記錄器沒辦法再拍得更清楚了。

「那光……怎麼會……」子緣有些迷惘。

「因為風雨太大，所以擋風玻璃可能霧掉了，導致光線整個暈散，他右手臂發出的白光，應該是拿在手上的強力照明燈。」子茹細心地分析。

「白光又突然變得更強，是超能力吧？」

「超鬼力啦，想也知道是他把燈開得更強，要不然抱著妳避難，萬一看不清楚跌倒怎麼辦？」

「也是，萬分感激白光俠，謝謝您伸出援手，小妹沒齒難忘。」子緣雙手合十，猶如在朝拜著神像，真心真意地感謝。

這年頭的人很冷漠，事不關己與自掃門前雪影響人與人之間的關係，路人倒在路旁無人聞問的新聞時有所聞，更何況是這麼危險的颱風之夜，白光俠的善行真不容易，子緣覺得自己的運氣很好。

「怎樣，心動了嗎？」子茹試探地問。

「堂姊……感謝跟喜歡這是兩回事。」

「那個怪人救了妳，妳不就喜歡了？」

「真的是兩回事……」

「怪人除了救妳之外，還有什麼值得喜歡的？」

子緣沒好氣地說：「妳真的要在我即將失戀之際問這種問題嗎？」

「沒錯，我就是想知道那個怪人有什麼地方好。」子茹並不退讓，因為她壓根不信低就的堂妹會失戀。

「他的捲捲短髮、他對咪咪的愛心、他上課時沒精神的懶腰、他每天喝一樣飲料的堅持、他逼自己去融入班上的煎熬、他在圖書館翻閱書籍的姿態、他握筆偷偷在筆記本算數的認真、他假裝不怕蟑螂的勇敢、他刻意放慢腳步配合我的溫柔、他在夏天穿厚衣的怪癖、他凝視我的眼神、他的面無表情、他的字跡、他的怪……每一點都喜歡，很喜歡。」

「太噁，想吐……」

「還想聽嗎？我至少可以再舉出五十項。」子緣臉不紅氣不喘，一副「我喜歡他我驕傲」的神情。

「他跟五月天的阿信比呢？」子茹無計可施。

「他。」

「妳已經病入膏肓了！」

「沒錯，我是。」

「不過那個怪人已經有同居女友了。」子茹一刺。

「……」子緣旋即如洩了氣的皮球，乾癟癟地癱在沙發上，驕傲的神情消散在空氣之中。

「你在幹嘛？咳……咳咳咳……」藍云掀開上鋪的圍簾，像隻倒吊的蝙蝠，試圖窺視下鋪的耀元在做什麼。

可惜耀元在聽到圍簾拉開的聲音瞬間，已經把東西藏到床底，若無其事地整理新買的衣物準備下床出門，「感冒成這樣了，去看醫生吧。」

「咳、咳咳，有在認真練習就好，咳、咳咳咳，記得八月二十四號快到了喔，咳咳……」

「我絕對不會去執行那幼稚的長線計畫……算了，不說這個，我先帶妳去看醫生，雖然子緣有急事請我幫忙，但比起妳咳成這樣，緩個兩、三小時沒關係的，把健保卡交出來。」

「等等……」發現倒吊會讓鼻涕逆流更加難受，藍云恢復側躺的姿態，用力地咳了幾下，再擤一擤鼻涕，讓自己暫時恢復正常，「二〇三一年沒有健保卡這種東西，是要我重複講幾次。」

「好吧。」耀元站起來，視線與躺在上鋪的藍云同高，能清楚看見她慘澹的臉色，連帶富有光澤的藍色短髮都很黯淡，「目前體溫呢？」

「三十六點八，放心啦，除了痰比較多外，沒發燒、沒頭痛、沒四肢無力，只是小感冒，比起毀滅世界的光溶症根本不值得一提。」

「晚點回來，會替妳買感冒藥。」

「嗯，快去見何子緣，要找機會拿到眼淚喔。」

「我盡力。」

耀元倒了一整罐溫水、拿了整包衛生紙與塑膠袋給她，還把室內電話拆下來放到她腳邊，再順手把下鋪的棉被移到上鋪，轉頭就往房門走。

藍云只是默默地注視他。

門都沒開，他又回過頭來到床邊，伸手觸摸藍云的額頭，感覺不出確切的體溫，乾脆一不做、二不休，抬起她的手臂，把溫度計插進腋下，等待三分鐘確定沒發燒才放心出門。

藍云依舊默默注視著他，不過嘴角掛著淺淺的笑意。

應該是小感冒吧？耀元離開宿舍，離開公誠大學，搭上捷運，反覆思量藍云的病徵，除了咳嗽鼻塞沒其他症狀，估計再過幾天就會痊癒，一想到此，稍稍感到輕鬆，開始期待與子緣見面。

上次看電影後，他們還約了幾次，出去逛街、吃美食都有，似乎已經養成同樂的習慣，不過這次比較不一樣，子緣不是邀約而是請託，說需要幫忙。

意外的是，抵達了約定地點，他才知道這是城隍廟，也就是傳說中的月老廟。廟小，感覺不到五十坪，古色古香的傳統廟宇建築與台北市的林立大樓相當不搭，好像經過時光的巨河流逝，附近都被沖刷過一遍，唯有這間廟仍停在過去，孕育著神明的偉大力量。

廟非常地小，讓耀元一下就找到子緣，人多，子緣牽起耀元的手，兩人一同往廟埕的中央擠去。

「要我幫什麼忙？」

「幫我跟月老祈求。」

「我怎麼幫？」

「兩個人一起祈求，音量就是兩倍，月老比較容易聽見，願望的成功率會提高。」

聽到這種說法，耀元失笑道：「妳相信神明的力量？」

「我相信得到多少，就得付出多少代價。」子緣回答得很迅速，想是早思索過這個問題。

「既然如此，為什麼還跑到這裡？」

「你到底幫不幫？」

「妳明知我不可能拒絕妳的要求。」耀元模仿起旁人的動作取了三炷香。

「那就好，跟我來。」子緣帶領著他到天公爐前，神色肅穆地拜天公，輕聲地唸了自我介紹，把姓名、生辰、年齡、性別、興趣嗜好都說了一遍，一點都沒有開玩笑的意思，宛若真的相信這裊裊輕煙，能夠把自己的話傳達給神明。

無神論的耀元趕緊模仿子緣的姿態，隨口自我介紹一番，跟著認真地拜了三拜。

在薄薄的白霧中，真的有幾分踏入仙境的錯覺。

周遭的觀光客與信眾各半，有的人是真的相信月老神奇，真心真意地對神明祈求，希望未來能遇見適合自己的另一半，再回來送喜餅還願；有的人並不認為月老能干涉自己的感情世界，跟著儀式走，單純是發自於入境隨俗的心，體驗看看在地的信仰。

耀元認為自己是不相信但尊重的類型，而子緣應該也是，不過，現在無法確定，她到底在想什麼。

他們把香插入天公爐中，再一起到廟內的辦事處購買供品，買到鉛錢、紅絲線、喜糖、金紙，順利進到殿內，面對正殿的城隍爺、月下老人，嚴肅地第二次自我介紹。

這簡單的動作都與剛剛相同，耀元學習得很快，直到子緣輕聲說出：「我喜歡的對象是……」

一切變得不太一樣。

不知道是哪裡不一樣，總之就是不一樣了。

耀元一直看著子緣張合的唇，似乎是想透過視覺來輔助聽覺，努力地想聽清楚，她說了些什麼。

「我喜歡的對象是系上的同學，他有著一頭微捲的短髮，相當好看的臉龐和標準的身材，只可惜……他常常擺出一副拒人千里之外的樣子，不會笑、不會哭、也不會生氣，彷彿這個世界都與他無關。」

子緣說到一半，耀元相當詫異，一直在思索「系上的同學」是指誰？

「但我知道他拒人於千里之外的樣子是假的，系上該要到的活動他都會到，面對朋友的邀約他也不會拒絕，只是他……找不到正確的方式去當一個隨波逐流的普通人。」

子緣似乎覺得自己說得不夠清楚，繼續誠懇地說。

「隨波逐流並不是負面的詞彙，對每個人來說要隨波逐流很難，因為我們都有自己的性格，卻常常跟現實妥協，妥協得太多，會失去了自我，妥協得太少，就是獨善其身，於是能夠保持本心地隨波逐流很困難，他常常為了當個普通人煩惱，不過這樣子的他卻很吸引我。」

子緣說到一個段落，雙眸從頭到尾都凝視著月老的神像。

耀元徹底陷入迷惘，一直以來他都認為子緣欣賞宗岳學長，可是很顯然的，與剛剛的描述有落差，宗岳為人海派，整個大一到大四，甚至與研究所的學長、姊都有交情，連自己都常常收到他的邀請，跟「獨善其身」這四個字相差太遠。

他百分之一百篤定，子緣向月老祈求的人不是宗岳。

「我喜歡他的淡然，我喜歡他的溫柔……月老先生，請您行行好，賜給我一個能和他在一起的姻緣，謝謝您，謝謝。」她祈求完畢，彎腰鞠躬禮拜。

他還是猜不出是誰。

「欸，耀元。」

「嗯？怎麼了？」

子緣轉過頭，瞇起水亮的眼睛，臉頰浮起淡淡的紅暈，若有所指地催促道：「快一點吧，我的感情，能不能成，就看你願不願意在月老面前……助我一臂之力了。」

耀元看向月老，腦袋相當混亂，在內心深處一直有一股聲音，近乎本能地反對，不願意子緣跟其他男生在一起，於是，別說幫忙祈求了，就算假裝願意都很難受。

然而，他才剛信誓旦旦地說不會拒絕子緣任何請求，結果幾分鐘過去就已經百般不願。

「幫我跟月老說呀。」

「嗯……只是……」

「只是什麼？就這點小忙還要只是？」

「妳的未來還有很多可能……有需要這麼著急就依靠神明的力量嗎？」

「很需要。」

「……」

「到底幫不幫？」

「我幫……」

「好，請虔誠一點，這樣月老才會支援。」

「在那之前，請告訴我，那個男人是誰？」耀元真的很想知道，知道之後才有可能減緩那股不甘。

「……」子緣張大眼睛，長髮隨著廟外吹入的風揚起，唇瓣輕顫，瞳孔內有數不盡的委屈，支支吾吾起來，「那、那個是……」

「我想知道。」

「為什……你，不是……為什麼總是……」

「請告訴我。」

兩人莫名其妙在月老前僵持，附近的遊客與信徒走過一批又來了一批，他們依舊杵在原處。

子緣輕輕地問：「那，你有需要……向月老祈求嗎？」

「沒有。」耀元肯定。

「完全沒有什麼願望需要月老幫忙嗎？」

「沒有。」

「原來如此……」子緣的微笑有幾分苦澀，喃喃地說：「你不需要月老幫忙，是因為你根本沒有……」

沒有喜歡的人。

這句，她無法說出口。

「沒有什麼？」

「不，沒事了。」

兩人祭拜完月老，沿著原路退出正殿，附近的遊客依然很多，但他們沒再牽手，一前一後保持著微妙的距離，離開這間遠近馳名的城隍廟，去逛逛不遠的老街。

今天是非假日，相對地沒那麼壅塞。

老街上。

子緣完全無心逛街了，縱使有一搭沒一搭地聊天，但很明顯是分了神，有幾次要不是耀元拉住，她已經撞到攤販與前方的路人。

「妳到底怎麼了？」連耀元都察覺到她的不對勁。

子緣回過神，像是下決心地問：「之、之前……我定時在校園散步，你每一次都跟在我後面……是為什麼？」

原因有兩個，耀元心知肚明，一個是保護她，不讓悲劇再發生，另一個是私心……單純喜歡欣賞她、喜歡靜靜看著她，這種有點不合常理的原因，他根本說不出口。

他雖然常常獨來獨往，但有些話不能亂說，還算懂與女生相處的基本分寸。

不得不隱瞞，耀元心虛地說：「只是想保護妳，我沒其他的想法。」

子緣一聽，身體定住幾秒，表情慢慢從忍耐變得有幾分想哭，抿著嘴唇完全沒辦法多說一句話，不知道是對他失望，還是對自己失望，手裡緊握城隍廟的香囊，冀望從香囊中的鉛錢與紅線得到力量。

可惜沒有，她只覺得昏天暗地。

耀元見她眼眶泛紅，什麼取得眼淚、什麼光溶症統統被拋到腦後，肌肉癱瘓的臉在焦慮地抽搐，急忙問：「妳……怎麼了？」

「沒事啦，你別在意。」子緣逼自己微笑。

「一點都不像是沒事的樣子。」

「喔對了，我是想告訴你，系上有規定等暑假結束要去……」她想轉移之前難堪的話題。

碰巧被耀元響起的手機打斷。

「不要管手機，妳繼續說。」

「沒關係，你先接。」

「不……」

「先接呀，我人在這又不會跑掉。」子緣拍拍他的手臂。

「好。」耀元依言接起口袋內的手機。

另一頭傳來藍云虛弱的嗓音，不好意思地說：「對不起……打擾你們約會，我只是想提醒一下……咳咳咳……咳，回來記得替我帶點藥喔。」

「變嚴重了是不是？體溫呢？」

「沒事、沒事啦，你記得咳咳……記得買藥就好……掰掰。」藍云掛掉電話。

「怎麼了嗎？」一旁子緣關心地問。

「沒什麼，不過我得回學校了。」

「真的沒事？」

「沒事。」

「好，我也要回去，一起去搭捷運。」

在他們通往捷運站的這段路，子緣明顯感覺到耀元的腳步變快了，就算他的嘴巴說沒什麼，可是雙腳已經透露出真實想法，現在一定是發生很嚴重的事，只是不知道為什麼，他不願意說出來。

子緣有些心酸，明明與眼前的男人，保持著觸手可及的距離，卻不知道為什麼彷彿離得好遠好遠……

遠到，看不清楚他的表情。

治癒光溶症的珍貴解藥，在沒有任何人察覺的情況下，一點一滴地落在人行道上。

上鋪，藍云四肢蜷縮，有氣無力地瑟瑟發抖，宛如倒在路邊等死的流浪犬。

額間沁出粒粒汗珠，看起來很熱，可她替自己蓋上所有能蓋的被子，看起來很冷，忽冷忽熱。

耀元根本不用溫度計，光是摸她的手臂就燙得駭人，現在的狀況比想像的更糟糕，絕對不是放著不管就會自己康復的病狀。

他站在床邊，見藍云受苦，感覺非常不好。

寢室還是自己的寢室看似沒變，不過這陣子寢室內吵雜的笑聲、罵聲、聊天聲全部都沒了，只剩藍云的喘息，上氣不接下氣的喘息，以及咳嗽，永無止盡的咳嗽，像是要奪去她呼吸的權力。

「你……回來啦？咳、咳咳咳……等等再聽你報告咳咳咳任務詳情……」藍云邊咳邊說。

「現在是討論那種事的時候嗎？」耀元仰首嘆氣。

「喔對了咳咳咳……咳、咳咳……我的藥呢？」

「沒有。」

「嗯……咳咳、咳咳……很、很貴吧……藥咳咳……」

「不是，是妳這麼嚴重吃感冒藥根本沒用。」

「原來，咳咳……咳咳咳，是這樣……」

「快點把健保卡給我。」

「就說……沒……我是未來……咳咳咳咳咳咳、咳咳咳咳咳咳咳……」藍云忽然一陣狂咳，沒有辦法再多解釋。

「算了，只能這樣。」耀元咬著牙，爬上樓梯，把她從上舖抱下來。

準備就緒，確認該帶的都帶了，他用一條大浴巾，把藍云包裹住，小心翼翼地揹在背後，有點像爸爸揹著剛出世的女兒，溫柔、細心地帶著她往外走，途中還得特別注意不能被其他人看見……要不然從男舍揹出一名少女恐引起軒然大波。

運氣相當好，大概是因為暑假的關係，男舍住戶很多人都回家了，剩下的也都是徹徹底底的宅男，足不出戶在房間裡打電動居多。

耀元一直到走出男舍才放下心中一塊大石。

他以不會讓藍云不舒服的小跑步，一路往校門口前進，這時候就算再遇到其他人，頂多引起側目，不會產生危機。

這輩子第一次跟蹤別人的子緣，就站在路邊的一棵大樹後面看著這一切。

耀元在校門前的馬路，攔到一輛計程車，直接前往醫院，心急如焚地希望有一台時光機，可以回到去城隍廟之前，告訴自己留在宿舍哪都別去，好好地照顧生病的她。

計程車司機從後照鏡看出後座的女乘客不適，男乘客擔憂得雙眉緊鎖，也顧不得交通規則與交通號誌，冒著被開紅單的危險，用最短的路徑和最快的時速抵達目的地。

醫院，急診室。

一眼望去，第一眼瞧見好幾排座位，坐著各種病人的等候區，第二眼發現長條狀的櫃檯，附近有許多基本的檢查設備，舉凡血壓機、體重計、溫度計、血氧機都有，是由專業的醫療人員操作，第三眼確認醫師診間的位置，密閉的，看不見裡頭。

急診室的病患不多，耀元揹著藍云進去，正茫然不知道該在哪裡掛號時，已經有護理師推病床過來接，先帶藍云去接受初步的診斷，另外的志工則帶著他去填寫資料。

填寫資料，是超乎預期的困難。

日期：二〇一二年，八月

病患出生年月日：二〇一五年

耀元握著筆，根本沒有辦法繼續下去，尤其是病患出生年月日這欄，難不成要寫上二〇一五年出生？不可能，一定會被當成神經病。

他很苦惱，追根究柢還是因為自己不夠了解藍云，被光溶症擾亂了理性，沒有再追查真相，明明就住在一起，卻沒多花時間跟她聊聊，沒多去理解她、認識她，才導致現在連一張簡單的病患基本資料一片空白。

旁邊的志工發現不對，好奇地問：「有哪些地方不懂的嗎？」

「……」耀元緊握著筆，筆快斷開。

「怎麼了嗎？」

「其實……」

「嗯？」

「我不認識她。」

「不認識？」

「我看到她昏倒在路邊……才、才趕緊送她就醫。」耀元說了一個不得不的謊，於是不得不愧疚。

志工拍了他的肩，讚許道：「這年頭像你這麼古道熱腸的年輕人已經很少了。」

「不、我……」耀元的愧疚瞬間重了一百倍。

「我代替那個可憐的小妹多謝你，幹得好。」

「……那我可以去看看她嗎？」

「這我等等問問，你先跟我來，去填一些特別的單子。」

「特別？」

「是呀，交代一下你撿到她的狀況，這樣萬一病人失智或失憶，才有辦法請警方協尋家屬，這不過是必要的程序而已，說不定等等小妹恢復意識，就能自己打電話回家了。」志工帶著耀元到另外的小房間。

「那就太好了。」耀元的愧疚輕了一些些。

對於資料，他還是只能用半假半真的方式去填寫，心裡擔憂藍云，右手越寫越快。

同一時間，志工已經去問了狀況回來，表示藍云的問題比較嚴重，目前是用最優先的順序讓醫生進行診斷，短時間內可能沒有結果，估計還要再等上一段時間。

耀元的右手速度放慢了，真誠地對志工道謝。

「這一等可能需要好幾個小時，你把聯絡資料給我，之後會再通知你。」

「沒關係，我可以等。」

「這裡的醫生跟護理師都非常優秀，你不用擔心太多，如果有最新的情況，我會

第一時間打電話給你。」

「沒關係，我可以等。」

耀元說得理所當然，志工卻感到奇怪，依自己十幾年在醫院服務的經驗，光怪陸離的事件看了不少，在路上遇見病發的病患好心將其送醫的遇過不少次，但送完醫還不走，還特地待到確認病患沒事的，大概只有這位年輕人。

難不成是一見鍾情？志工一面曖昧地微笑、一面收好填妥的資料，便逕自走出小房間，去處理接下來的程序。

耀元也跟著出去，回到急診室，站在病人來、醫護人員往的人流之中，一時之間不知道該去哪裡。藍云在診療室內，由專業的醫生接手，自己不敢過去打擾，也怕被問到與病患的關係。

於是他找了一張離藍云所在位置的最近座位，坐下，靜靜地等待、默默看著診療室封閉的門……

沒有表情，沒有動作。

不知道過了多久。

三個小時？

五個小時？

他記不得了，只見護理師推著藍云的病床出來，直接往急診室後方附設的病房區去，耀元不敢跟得太近，發揮平時訓練出來的跟蹤技能，以一種遠近合宜的距離，希望最少要知道病房號碼。

沒想到後面，居然走出來兩個醫生，耀元腳步一滯，假裝看向虛無飄緲的遠方，耳朵卻聽見醫生們的對話。

「這個病患很特別。」

「我知道，年紀輕輕就昏倒在路邊，被路過的民眾撿來醫院。」

「不，是她的抽血報告很怪……」

「喔？我看看。」

接著兩位醫生，就用中英混雜的專業術語溝通，耀元根本沒辦法聽得懂。

「這個病……台灣不是早就用疫苗控制住了？已經二十幾年沒有發現了吧？」

「是啊，可能是搞錯了，準備再驗一次。」

「以前死亡率很高，不過現在有特效藥了，病患的運氣不錯。」

「等病患清醒要問問看，是不是歸國子女啊？要不然真的太奇怪了，強制性幼兒疫苗按理說人人得打……她怎麼會體內一點抗體都沒有？」

「說來正巧，聽說衛生署有意停止強制疫苗的政策，正是因為該疾病已經絕跡太久，才打算把資源投入其他項目，以後小孩子們就不用再多打一針了，說不定……」

「我懂了！所以你認為這位病患是從未來來的，所以體內才毫無抗體，是吧？」

「哈哈哈哈，我哪有這樣說？你是在演科幻電影啊！」

兩位醫生一邊說一邊笑地走過，留下全身僵硬的耀元。

他杵在原地，完全無法動彈。

原來真的是科幻電影。

夢開始了。

從二〇一二年回到二〇三一年。

藍云睡了，恍若隔世。

原本躺在病床日漸削瘦的少婦體重沒再往下掉了，原因不是病癒，而是已經皮包骨，瘦無可瘦。

憂鬱症、厭食症、經年累月的家暴外傷，幾乎奪去了她的神采，甚至是她的命，傷了、癒合了、傷了、癒合了、傷了、癒合了，不斷地用藥、不斷地進出醫院，整個身子都搞壞，就這樣重複折磨快二十年，可她一點都沒感到痛楚，反正早在二〇一二年，她的靈魂就被摧殘得徹底麻木，過後的十、二十年早成行屍走肉。

住到醫院，反而是不錯的時光。

一直到今日，在生命的最後，她用了最後一點力氣微笑。

解脫的感覺很美好。

自己也已經沒有故事要說了。

故事語盡，她永遠不必再開口。

如果少婦硬要為這個近乎完美的現狀挑一點刺，大概就是沒能見到藍云一面，現在她應該還在研究所裡當教授的小助手吧……就算此刻拜託旁邊的醫護人員聯絡，也不可能及時趕到醫院了。

突然，這一點刺，在少婦的心裡變得很巨大，形成小小的遺憾。

可惜來不及了，自己早就授權給院方，放棄生命延續權，病床邊站的醫生與護理師估計都在想：「再拖延，萬一延誤到下班時間怎麼辦？」

少婦不是喜歡帶給旁人麻煩的類型，所以她靜靜地闔眼、靜靜地死。

如他們所願。

如自己所願。

結束一生。

藍云趕到病床前，已經太晚了……即便是只差不到十分鐘，還是太晚、太晚了。

晚到天人永隔。

她早在半年前就不停心理建設，預期這註定悲傷的一天到來。

明明早就有所準備、明明早就決定不哭，要笑著跟她道別，但真的面臨自己最愛之人的消逝，這些，再無任何意義。

藍云跪在病床邊大哭，發瘋似地把病房內的所有人趕走，痛哭失聲、聲嘶力竭……一直到眼睛紅腫、視線模糊，接近換氣過度的程度，她才忽然想起，還有希望……應該還有希望！

神明。

這個世界，有神明。

她衝出病房、衝出醫院。

天黑，夜色混沌。

她用攜帶式迷你飛行器，無視航管條例，不管夜間獨飛的危險，用最快的時速飛回研究所。

研究所，漆黑，無人，那正是她想要的。

藍云以某位教授的私人助手的身分登入，研究所內幾道生物辨識的鎖都沒攔住她。一路暢行無阻，來到整個研究所最廣闊、最神秘的實驗室。

這是一群頂尖科學家的非公開私人研究，時光旅行計畫是屬於絕對保密的狀態，目前只嘗試過讓無機物通過時光長廊回到過去，失敗率已經高達百分之八十二點七，動物實驗根本沒有嘗試過，也沒人知道計畫有沒有成功發展的可能。

實驗室有兩個籃球場大，裡頭密密麻麻的機械與管路，重疊、合併、交錯、組織、重疊、合併、交錯、組織……根本不可能在短時間內看清機器的全貌，頂多能看見全部的管路都連接到一個單人座艙……

以及，座艙上面寫的兩個大字。

神明。

旁邊還寫了幾個小字。

第743號實驗機型。

「要記得，任何事，都有代價。」少婦的語重心長，似乎迴盪在這間實驗室內。

那如果是「奇蹟」，得付出多少代價？

夢結束了。

從二〇三一年回到二〇一二年。

藍云醒了，恍若隔世。

急診室附設的病房，說是病房其實也不過是由隔簾劃出的小空間而已，主要是用來暫時安置病患，嚴重的就安排住進一般病房或加護病房，不嚴重的等觀察期結束，就可以回家休養。

僅僅是隔著一塊布，她能聽見周圍所有的雜沓、救護車的鳴笛、醫療器具的金屬脆響、醫生與護理師談論病情的低語、嚴重外傷斷手斷腳的病患渴求止痛劑的哭號、即將失去親人的家屬歇斯底里的尖叫，還有永遠匆忙、永遠停不下來的腳步聲……

彷彿，綠色的隔簾外……就是地獄。

藍云害怕地要去抓耀元的手，可惜抓空了。

坐在病床邊的耀元雙手正擺出怪異的彈奏姿勢，發現躺在病床的人清醒，立刻抓抓肚子，裝作什麼事都沒有。

「今天的感覺怎樣？」他關心地問。

「哼。」藍云甩過頭去，精神相當不錯。

「怎麼了？」

「哼。」

「看起來大腦留下嚴重後遺症，已經失去語言能力。」耀元淡淡地吐槽。

「你的大腦才有病！」藍云瞪了一眼。

「妳恢復精神就好。」

「我恢復怎樣，跟你有關係嗎？你不就是個路人，熱心撿到我而已嗎？」

「……」

「有個志工還一直稱讚你，說你善良、正直，長得又很帥，很莫名其妙欸。」

「這、這是……」

「這什麼這？你不是不認識我嗎？」

「我想說，說不定透過院方與警方可以找到妳的家人。」

「……」

「抱歉。」

「警察知道了？」藍云睜大雙眼。

「估計這幾天就會找妳問話……」耀元心虛地低頭。

「我們快逃吧！」

「妳在生病。」

「你知道我生什麼病嗎？」

「我問過，但我不是妳的家屬，護理師不肯講。」

「那就沒事啦，這個點滴已經打三天，不管什麼病都該好了吧。」

「別講這種鬼話……」

「張耀元，雖然你一直不信，但我真的是來自未來，特地來到二〇一二年阻止光溶症蔓延。」藍云焦急地說：「警察是絕對不可能找到我的資料的，你想，他們會怎麼對我？黑戶？偷渡客？」

「我已經信了。」耀元輕輕地說。

「而且跟你住在一起，我幾乎不出寢室，就是怕自己影響過多的未來，會給這個世界帶來不好的影響，萬一讓警察介入，誰知道有怎樣的後果。」

「我相信妳說的，確信。」

「等等，你剛剛說什麼？」

「我說，我信。」

「是、是嗎……」藍云有些意外。

「嗯。」

「那我們逃吧。」

「妳……」耀元左右為難。

「還猶豫什麼啦，八月二十四號就要到了，我們的長線計畫該怎麼辦？」

「現在別說那種幼稚的東西，從頭到尾我都沒說同意執行。」

「什麼叫做幼稚？我是為了何子緣的眼淚、為了治癒光溶症來的。」

「……」

「張耀元，你不是相信我嗎？」藍云嗔道。

「……」

「張、耀、元！」

「……如果妳有半點惡化的跡象，我用拖也要把妳拖回來。」

「好！」藍云握住耀元的手，兩眼放光。

掩護作戰相當成功，耀元故意詢問護理師幾個問題，替藍云擠出一個空檔，帶著點滴瓶與藥潛入醫院內部，假裝成在院內散步的病人，找到身障廁所進入更衣，直接變身為探病的訪客，順利從醫院其他的門離開。

耀元一邊對醫院產生的虧損感到抱歉、一邊又不得不在院外與藍云會合，帶她回公誠大學的男舍。

幸好打了三天點滴再乖乖把藥吃光，藍云的身子漸漸康復，幾乎好了大半，跟平常的樣子沒多少不同。

平安地度過幾天，沒有再發病的跡象。

二〇一二年的八月下旬，炎熱。

在暑假接近尾聲的日子，依然熱得不像樣。

藍云坐在上鋪，看著電風扇無能的弱風，拉開T恤的領口搧風，像小狗一樣吐出舌頭散熱。

「答應我一件事，否則就得答應我第二件事。」她哈著氣說。

「不要，我知道妳想說什麼。」耀元在下鋪，裸著上身打坐，採用心靜自然涼戰術，周身白光縈絮。

「快八月二十三了……你苦練這麼久有成果了吧？」

「我沒苦練。」

「別說謊，你的辛苦我知道，我們的長線計畫是該開始了。」

「沒有這種幼稚的計畫。」

「我跟你保證長線計畫一定可以拿到何子緣的大量淚水，足以治癒光溶症喔。」

「再想想其他辦法。」

「就只有這個。」

「那不用了，我自己會想出辦法。」

「你這個北京猿人，是能夠想出什麼辦法？何子緣都已經、都已經對你……算了、算了，總之，靠你自己的話，永遠不可能想出什麼好辦法。」

「未免太小看我了。」
「不跟你說這個，剛剛我們說好，如果沒有答應第一件事，就要答應第二件事。」藍云撥撥藍色的短髮，黑白雙色的耳環搖曳。
「這只是妳一廂情願……」耀元翻了一點白眼。
「那就答應我第一件事啊。」
「……」
「我想要吃冰，我現在就想吃冰！」
「……外面這麼熱。」
「我不管、我不管，誰叫你們二〇二二年的人，都不做好水土保持、不乖乖節能減碳，天氣才會變這麼熱啦，都是你的錯！」藍云無理指責。
「……」耀元很難反駁。
「你看你出門的時候常常電風扇都不關，筆記型電腦總是開一整天。」
「……那是因為妳在呀。」
「你這個害北極熊滅絕的傢伙，不要再找藉口了！」
「未來的北極熊已經滅絕了……嗎？」耀元有些詫異，沒想到環保的宣傳標語成真。
「我、我不能多說，反正是你的錯。」藍云懸在半空的腿亂踢，像在修理破壞世界的壞蛋，「你還不快點去買，我要冰、我要有藍莓果醬的剉冰。」
「這得出校……」

「你這個殺害北極熊的兇手。」

「妳只有這兩句嗎？」耀元抱怨歸抱怨，還是下了床，穿兩件黑色的厚衣與牛仔褲，遮擋住皮膚發出的白光。

「謝謝，你最好了。」藍云甜甜地笑了，腳剛好能戳他的背。

「我想……妳爸爸應該很辛苦。」

「……」聽到「爸爸」這兩個字，藍云原本打算惡作劇的腳凍住，連笑容也凝結，唯有雙眸定視在耀元的臉上，神色格外地複雜，難以言明，千頭萬緒。

「妳爸爸一定很疼妳，所以妳習慣不達目的絕不罷休。」

「嗯……」她輕輕地發出欣喜與哀愁各半的回應。

「我出門了。」耀元打開房門。

「爸，謝啦。」

「請不要亂認親戚……」

「小氣欸，開個玩笑都不行喔。」

「不行。」

耀元關了門，藍云惆悵地笑了，旋即，門再被打開。

他探出頭問：「如果……真的能治癒光溶症，二〇一二年世界不會末日，那妳該怎麼辦？」

「我？」

「嗯，妳。」

「我……」藍云壓根沒想過這個問題。

「神明會獎勵妳，讓妳回到未來跟家人團聚吧？」

「這、這是當然啊，說不定還會讓我長命百歲。」藍云雙手一拍，「一定會的。」

「距離光溶症全面爆發還有多久？」耀元認真地問。

「這點眾說紛紜……但比較多學派認為是二〇一二年的十一月或十二月，似乎……也沒剩多少時間。」藍云的臉黯淡下去，「說不定……已經有不少人被你傳染了，發現身體會發光，只是嚇個半死不敢說出來。」

「我懂了。」耀元心情複雜地第二度關門。

他原先根本不相信藍云，當然不太在意世界末日的預言，或者退一百步來講，就算世界末日是真的，像這麼嚴重的問題往往會由有能力的人處理，如果這些人無法處理的話，那自己一定也沒有任何辦法，還不如乾脆當做沒這回事。

現在，漸漸信了藍云，世界末日的場景頓時清晰起來，很難再繼續說服自己，這一切不過是少女的妄想。

光溶症、神明、時光穿越、乳白色的解藥、人類滅亡、身體發光……一個又一個怪異的名詞象徵其背後不可思議的涵義，搞得耀元頭昏腦脹，就基本邏輯來說，以上都不該存在，但可怕的是，一旦證明其中一樣存在，連帶的，其餘幾樣也可能會是真的。

「是不是應該告訴子緣，直接請她幫忙，哭一些眼淚出來呢？不，一定會被當成怪人……」

走到一半，烈日底下，曬得他滿身大汗，連吹過來的風都是熱的，不知道是太過高溫，還是真的被熱昏頭，眼前的路開始扭曲抖動。

「任何人認為我是怪人都無所謂，唯獨她，我不想。」

他依然在喃喃自語，可是雙腳已經停頓，如拋錨的車卡在路中央，任由毒辣的豔陽烘烤。

車是鐵，他是人，精神逐漸恍惚。

「喂！你這個怪人站在這幹嘛？」一手撐遮陽傘、一手拿著iPhone 4S手機，似乎在尋找什麼的子茹發現耀元怪異的行徑。

她趕快將他拉到旁邊的樹蔭下坐，先離開陽光的曝曬再說。

因為衣服穿得太厚，耀元知道自己中暑，很有可能會失去意識，於是沒婉拒學姊的好意，接過喝一半的冰礦泉水，一古腦地倒進嘴巴，希望能降低體溫。

「別怨我說你是怪人，現在氣溫三十幾度，你穿寒流用的衣物，站在大太陽下碎唸真的很怪，要不是你是我學弟，我根本就不敢靠近。」子茹用背包內的書替他搧風。

「謝謝……我、我沒事了。」耀元暗自慶幸。

對於差點路倒變成人乾之際獲救這件事，他並不感到慶幸，真正讓他感激神明的是……萬一暈倒的話，身體發出的光勢必會被發現，自己會從形容詞上的怪人，變成貨真價實的怪人。

「還發什麼呆呀？快脫掉衣服啊！」子茹催促。

「欸，你這是什麼眼神？以為我要吃你豆腐喔？」

「……」

「不、不是……我只是習慣穿這樣。」

「……你真的是個徹徹底底的怪人，先說好，我是揹不動你喔，要是有個意外，抱歉我能力有限。」

「沒關係，我休息一會就好。」耀元閉上眼睛，再度使用心靜自然涼這招，還帶有拒絕溝通的效果。

子茹沒好氣地走到旁邊的樹下，低聲抱怨道：「蠢堂妹到底是看上這怪人哪一點啊，搞得自己茶不思飯不想，好像得到憂鬱症，交換……」

覺得自己一聲不響實在很沒禮貌的耀元，開口詢問：「學姊，請問……妳怎麼會跑到男舍這邊？有沒有……什麼事我可以幫忙？」

「喔，來到這裡，是我在找附近的監視器。」

「監視器？」

「我這陣子在找人，從家裡一路找監視器或行車記錄器拍下的影片，漸漸掌握了那個人的行蹤，現在確定他應該是公誠大學的學生……」子茹低吟沉思，忽然想到了什麼，「對了，你們男舍也有監視器吧？」

「有的……」耀元沒多想。

「那就好，晚點我會去問問舍監。」

「到底是要找怎樣的人？」

「白光俠。」

「白光俠？」耀元想起了什麼。

「不是啦。」子茹笑了幾聲，解釋道：「還記得前陣子的泰利颱風吧？當晚風雨正強的時候，就有個見義勇為的男人，發出耀眼的白光，有如天神下凡，救了我那個笨蛋堂妹一命。」

「……」耀元張大雙眼。

「是探照燈，我知道的，你不要擺出看到鬼的表情……欸，不過說也奇怪，我覺得你這段時間變得比較活潑一點，顏面比較沒那麼癱瘓了。」

「……」

「才剛稱讚你，你又……」

「我、我沒事，只是有點頭暈。」

「喔，確實是太熱了。」

「嗯……」耀元卻感到冷意，想像著萬一自體發光被發現怎麼辦？

「喏。」子茹把遮陽傘給他，「這把先借你，快回去宿舍休息吧。」

「不用了，我可以自己。」

「別隨便就拒絕別人的好意，你不屑用我的傘嗎？」

「我不是這個意思……」

「我相信讀大學這段時間，你應該明白，一個人是不是真心跟其他人來往是很容易看出來的。」子茹感慨地說：「你大概天生不愛跟別人熱絡，這沒關係，不過一生中，你總會遇見幾個想要親近的人，到時記得要好好把握，別再冷漠了。」

「……」

「你是個怪人，像是天生有一層防護罩的怪人，如果有人願意辛苦打破這層防護罩，去接近你、去跟你往來，拜託，也請你一定要好好珍惜。」

「嗯……」

耀元不懂為何會說到這個，但也沒多想，一心一意只想著該怎麼消除宿舍的監視畫面。

「你已經有女朋友了吧？記得好好照顧自己，才能健康地照顧人家喔，先這樣，我走了。」子茹舉起包包遮陽，快步地走出樹蔭。

等到耀元回過神來，這位著名刀子嘴豆腐心的學姊已經走遠。留下一把善意的遮陽傘。

八月二十三號，暑假的尾聲。

天氣沒有前陣子炎熱，尤其現在是晚上七、八點之間，熱氣消散了大半。

此地是在公誠大學對面的公寓住宅區，居住的當然大多是公誠大學的師生，現在已經八月底，許多返鄉過暑假或是出外旅遊的住戶都回來了，家家戶戶燈火通明。

通往子緣公寓的小巷，上一回泰利颱風之夜耀元來過，但今夜無風無雨，溫和的路燈發出光芒，佐以天空點點星光與時不時吹來的涼風，簡直是舒適得讓人想瞇上眼，哪裡還有風雨交加九死一生的恐怖感受。

耀元直挺挺地站著。

藍云躲在遠處，拿著手機錄影，掌心沁出冷汗。

耀元抬起頭，確認子緣家的燈亮著，手持一把烏克麗麗，腳邊是藍芽音箱。

他從沒想過目前的狀況，甚至根本沒考慮過執行所謂的長線計畫。

雖然依舊面無表情，但大腦近乎沸騰，處於快要接近出現幻視的狀態，彷彿附近路人的眼神銳得像刀，偶而出現在陽台的住戶都是心懷不軌的暗殺者，路燈宛如居高臨下的監視者，就連停在巷內的轎車似乎都有人埋伏。

遮在西裝內的皮膚正冒出幽幽的綠光，耀元的意識突然變得有些遲緩，彷彿想不起來……我是誰？我為什麼在這裡？我到底在這裡做什麼？我手上為什麼會有一把烏克麗麗？我的腳邊為什麼會有一個音箱？

巷子雖小，但附近的住戶多，自然來來往往的人多。

奇怪的是，牽著手或依偎在一起的情侶特別多……有幾對還誤以為耀元是街頭藝人，特地停下腳步探個究竟。

耀元透過他們投射來的好奇目光，忽然想起來了，腦袋恢復運轉，終於明白為何會有大量的情侶出現。

因為今天是八月二十三號。

是情人節。

也是藍云的長線計畫付諸行動的日子。

根據她的說法，情人節的氛圍會讓女生比較容易感動，催淚的效果比平時更好，耀元不太相信，不過藍云表示「你是山頂洞人，我是女人，你說誰懂女生」，讓他根本沒有反駁的餘地。

另外，治癒光溶症已經迫在眉梢了，就算不管拯救世界的偉大理想，光是前幾日中暑差點被子茹發現身體會發光的嚴重問題，便逼得他不得不硬著頭皮，嘗試執行無比丟臉幼稚的長線計畫。

「唱情歌」這種遠古部落就存在的求偶行為。

根據身為女人的藍云說法：「重點不是歌、不是歌喉、不是歌藝，重點是讓何子緣知道，你可以為了她做出這麼蠢的蠢事。」耀元依然無法反駁，畢竟這句話有道理，自己也想不出更有效的辦法。

或許是早有預感、或許是出自買了都買了不用可惜的心態、或許耀元真心喜歡烏克麗麗這種樂器，他有空就會上網搜尋教學的影片，默默地認真練習。

這是他第一次接觸烏克麗麗，很多地方都不懂，正確的指法和看樂譜都不會。不過，耀元用毅力、用死背的、用愚蠢的固執，還是學會了一首五月天的歌……

「最重要的小事。」

他抬起頭，望向公寓二樓，子緣的家。

「子緣，我想唱首歌給妳聽。」他終於開口了，鼓起勇氣面對。

附近的行人或情侶都是年紀相近的大學生，紛紛停下腳步，明白即將發生什麼事。

「加油啊」、「不愧是情人節」、「欸，為什麼你都沒到我的宿舍唱情歌」、「好丟臉、好勇敢」、「不要走音喔，加油」、「太浪漫了吧」、「羨慕女主角」、「這年頭還有人用這種老招」、「祝你告白成功」、「鼓掌、鼓掌，大家幫忙一下啦」，看熱鬧的民眾嘰嘰喳喳地說著。

耀元什麼都沒聽到，宛若豁出去一般，大聲地朝二樓喊：「子緣，我想唱首歌給妳聽！」

鼓掌隨之熱烈，讓更多人佇足、讓更多住戶開窗俯視。

躲在旁邊的藍云，從來沒見過耀元的表情變成這樣，那是激動的紅潤、那是毫無保留地張嘴、那是由衷寄望子緣能聽見的蹙眉、那是充滿愛戀的視線，他的雙眼中有了焦點，不像過去把全世界排除在外。

產生了某樣東西。

……她不知道該如何形容，頂多只能說耀元變了，為子緣改變，進化了。

藍云用手機連結藍芽音箱，播放準備好的伴唱帶，音質不佳的配樂響起，耀元的手指彈奏，用力地唱，拋開一切地唱，似乎這條巷子沒有其他人了，沒有所謂的尷尬、沒有所謂的可恥，讓歌聲悠揚，迴盪在情人節……

我走過動盪日子　追過夢的放肆　穿過多少生死
卻假裝若無其事　穿過半個城市　只想看妳樣子
這一刻　最重要的事
是屬於妳　最小的事
世界紛紛擾擾喧喧鬧鬧　什麼是真實
為你跌跌撞撞傻傻笑笑　買一杯果汁
就算庸庸碌碌匆匆忙忙　活過一輩子
也要分分秒秒年年日日　全心守護妳
最小的事。

「這也是最蠢的事吧。」耀元唱完，知道自己剛剛跑了調、彈錯了音，亂七八糟的。但不可思議的是，突然感到鬆一口氣，原來丟臉不過如此、原來被注視的尷尬不過如此……對比起把心裡淤積的話說出口的釋然，一開始的顧忌根本沒有意義。

周圍的聽眾紛紛鼓掌，掌聲中摻雜了叫好與鼓舞，耀元不知道該怎麼表達謝意，只能傻傻地一一點頭致意，忙著把烏克麗麗收起，將音箱移到不擋路的位置。

掌聲漸緩，原本躲起來的藍云忽然現身於人群中，手拍著簡單的節奏，像是想帶著湊熱鬧的聽眾們起鬨，高喊：「答應他～答應他～答應他～」

沒想到真的帶出效果，很多人跟著一起大喊，幾個比較熱心的好人向公寓二樓呼喚，希望女主角能現身給個答案，回應相當真誠的男主角。

雖然隔著窗與牆，但能瞧見有人下樓梯了，而且速度相當快，彷彿迫不及待想見一面的樣子，樓梯間自動感應的燈由上而下一盞一盞亮起，猶如跨年煙火施放前的倒數，所有人的心都快吊到了嗓子，好奇女主角會給出怎樣的答案。

隨後，門開了，女主角氣喘吁吁地登場。

氣氛更加熱絡，起鬨得更起勁，現場被炒到了高潮階段。

「答應他」、「在一起、在一起」、「拜託交往」、「太閃了」、「現場投射閃光彈」、「答應他」、「快點交往」、「祝你們永遠幸福」、「明年的情人節就是紀念日耶」、「太浪漫了吧」、「答應他、答應他、答應他」，此起彼落。

「答應個屁啦！」女主角一手扠腰、一手指著耀元。

眾人傻眼。

藍云的臉整個垮下來，難以置信地愣然道：「居然是、是乾媽……」

傻眼過後，現場又鬧烘烘起來。

「你們期待的人不是我，現在她人在莫斯科當交換生了，懂嗎？懂的話，還不給我散場，尷尬死了，快走、快走！」

現場的群眾像是興高采烈倒數完後，主辦單位搞錯，忘記放煙火，只施放了空包彈一樣，吃了滿嘴的灰，紛紛嘟嚷著散場。

清場完畢，子茹的語氣不善，瞪著耀元大罵：「混蛋，你給我滾上來。」

被罵的耀元一點反應都沒，只想著「交換生」這三個字，緋緊的雙肩漸漸垮下去，如一棵樹在瞬間枯萎，難受得說不出話，所有的噪音都被隔絕在外，眼前的畫面全靜止不動，當他認知到子緣已經去了很遠的地方，整個胸口有如被挖開一個大洞，好痛。

總算體會到失去，是多麼悵然的感受。

明明不是陰陽兩隔、生離死別，他卻體會了悲歡離合、愛別離苦。

一個學期，不過幾個月的時間，他卻像是被浪費掉大半的人生，發瘋似地抱怨，這未免太久、太長了……子緣這一去就是好幾個月，莫斯科不是日本、菲律賓，隨便找班直航飛機就能回來。

藍云見到他的模樣，原本的懷疑全變成確認，氣他為什麼要拖到此時才正視自己的心意，又氣自己的執行力太差，怎麼能拖到現在才逼他表白。

導致，未來或許不會改變……一樣會朝最糟糕的方向墜落。

她想起之前的夢、想起死去的少婦、想起神明……張大嘴巴，卻吭不出一聲。

如果未來依舊殘酷，那一定是代表自己付出的代價不夠……

還遠遠不夠。

耀元來過子緣的家，當初自己打蟑螂的無能模樣還記得很清楚，子緣害怕蹲在桌上的可愛姿勢，彷彿不過是昨天的事。

亂七八糟的家具已經擺正，被堆在一塊的雜物皆歸回原處，跟上次來依然有許多的不同。

當然，最大的不同，是少了子緣。

他盤腿坐在圓桌邊，前方的冰咖啡是滿的，左邊的烏克麗麗與音箱一點都沒有剛剛大放異彩的神奇，直接變回兩件死物，身上的正式西裝，配合他緊鎖的眉、肅穆的臉，像極禮儀師的工作服。

圓桌另一邊的子茹，坐在小沙發上，就沒正眼瞧過這位學弟，咖啡已經喝掉半杯，但還是想不到要怎麼教訓腳踏兩條船的渣男。

「你也是我們系的吧？難道不清楚每個大三生都得出國交流嗎？」

「我是排在下學期，是日本。」

「對啊，那你還跑來？」

「我以為子緣也是下學期……」

「所以你根本沒關心過她。」

「……抱歉。」

「如果全部大三生都出國，那教授們不就失業了嗎？蠢欸。」

子茹翻了白眼，耀元看了她一眼，相當認同她說的話。

「堂妹特地為了你，特地早兩週飛去莫斯科。」

「……我？」

「是啊，就是不想再看到你，我們何家的女生就是太善良、太心軟……堂妹見你在校內男舍和女人同居，不去通報舍監就算了，還想替你隱瞞，恐嚇我不准告訴別人。」子茹不屑地說：「如果是我的話，對你這種渣男，一定是通報校方沒第二句話。」

「……」耀元的雙耳嗡嗡作響，沒想到子緣早就知道藍云。

「其實，你不喜歡子緣，ＯＫ，沒關係，反正這是你這輩子最嚴重的損失。記得那一天你差點中暑吧，我好聲好氣地勸過，要珍惜願意跟你交往的人，結果呢？你跑來這裡唱情歌？太噁心了吧。」

「她……知道？」

「就算你完全不在意這種侮辱自己女朋友的做法，但是我在意，已經有女朋友的人，還故意招惹我堂妹幹嘛？想要腳踏兩條船嗎？」子茹越罵越激動，乾脆喝掉招待他的咖啡，連一包不到十塊錢的即溶咖啡都不願意浪費。

「……我能聯絡她嗎？」就算根本無法解釋，但耀元還是想跟子緣解釋看看，無論是光溶症、世界末日、眼淚解藥……他想統統告訴她，被當成怪人沒關係，就算再也無法回復到過去也沒關係。

「她是3C白痴，連個LINE都沒有，你有辦法就去聯絡呀。」子茹聳聳肩，雙手一攤，「先別說我只接過三次她用公共電話打回來報平安的電話，就算我真的有聯絡她的方式，也不可能給你。」

「學弟……」

「她有沒有什麼e-mail或是、或是……給妳旅館地址之類。」

「總有其他同學也是被分到莫斯科吧，我是不是能透過……」

「就說她比所有人都早去了。」

「一定還有別的管道。」

「學弟。」

「如果是透過校方……」

「學弟！」

「學姊，你們要把我當成怪人、渣男、跟蹤狂都沒有關係，你們要怎麼看我都無所謂，只是子緣……不能，抱歉，我不能接受。」耀元煩躁地說、煩躁地雙手交握。

「你女朋友如果聽見這段話，不知道有多難過。」子茹搖頭。

「不是的，不是妳想的那樣。」

「反正我不想聽你解釋，早點死了這條心吧。」

「是嗎……」

「喔，對了。」子茹忽然想到能讓自己學弟死心的方法，從口袋內取出手機，播放一段從監視錄影擷取的影片，「還記得當時我在找的人吧？我和堂妹都稱他叫白光俠。」

耀元看著手機螢幕，上頭的確播放著颱風之夜，自己與子緣的身影，卻不知道該作何表示。

「像這種拯救了人，為善不欲人知的英雄，才值得堂妹託付……」子茹開始像說書先生，先是描述泰利颱風有多凶險，再講解白光俠有多勇敢，再補充子緣有多命懸一線，最後才進入故事的高潮，如小說般誇張地救援成功。

「當時風速十五級，連人都快被吹走！」

「颱風是的確很強，不過……」

「說時遲、那時快，整棵比人粗的樹飛過來差點壓死白光俠！」

「的確是有不少樹枝……」

「白光俠毫不畏懼以肉身擋在子緣之前，半點不退，強忍著痛楚。」

「是的確會痛……」

「子緣感動得痛哭失聲，白光俠滿身是血仍堅持到底，兩人逃出生天之際浪漫地相擁，白光俠帥氣地說：『就算是夜，我也會成為妳專屬的光。』在風雨中依依不捨。

「如果這麼容易取得眼淚……」

「你一直在嘀咕什麼啊？」

「沒……」以上透過子茹描繪的精采橋段，耀元完全想不起來，怎麼想都想不起來……到底是什麼時候發生的？

「總之，你現在清楚白光俠是多了不起的人嗎？」

「……」

「學弟，你能為子緣做到這種程度？」她一槌定音，打一個為故事完結的響指，篤定地說：「不能吧？」

「……」耀元依舊是無話可說。

愁雲慘霧。

藍云抱著烏克麗麗，耀元提著借來的音箱，兩人坐在公誠大學內，小路邊的木製長椅，左右分隔坐得很遠，中間空著至少坐兩到三人的距離，他們自認彼此的關係只是被誤解，但潛意識中依舊有了芥蒂。

難得夜風清爽，樹葉隨風摩挲，產生安詳的窸窣聲，以及時有時無的蟬鳴，可以說是炎熱的暑假中，最舒適的時段。偌大的校區許多學生與民眾散步運動，附近的其他長椅更是成雙成對的情侶，把握情人節最後的時光你儂我儂。

對比周遭是如此祥和的狀況，耀元與藍云卻悶得快說不出話來。

良久，才由藍云內疚地說：「……抱歉，因為我住在這。」

「沒什麼好道歉的。」耀元淡淡地回應。

「我已經盡量待在寢室了，一定是我生病那天被何子緣看見……唉唷，好倒楣。」

「看見就看見，解釋清楚就好。」

「怎麼解釋？」

藍云這個問題有兩個意思，一個是該怎麼找到子緣、一個是該怎麼解釋住在一起的原因。

悲慘的是，關於這兩個意思，耀元都想不到任何解決的辦法。

目前子緣遠在歐洲，還沒找到地方定居，再加上她不用手機與電腦，根本只能靠偶而打回來報平安的電話聯繫，簡單來講，她唯一會聯絡的人是自己堂姊，而子茹不可能幫耀元傳達任何訊息。

即便是聯絡到子緣，一時之間也不知道該如何解釋藍云是未來人，目的是治癒光溶症，避免二〇一二年世界末日。

耀元雙手抱頭，無計可施。

「我查過了，二〇一二年已經是網路普及的時代，何子緣好歹有個MSN、即時通什麼的……雖然這些通訊軟體在二〇三一年都沒人聽過。」

「她沒有。」

「她到底是怎麼辦到的啊？」

「不清楚……」

「不可能吧，她至少會有個電子信箱。」

「上次問過，她給了我居住地址。」

「……」藍云想起在美式大賣場發生的事，扶額，頭疼。

「等她回台灣吧，幾個月而已。」耀元也只能喪氣地說。

「為什麼人總是要失去了，才會開始後悔、懊惱？」藍云斜眼瞪他。

「妳怎麼不說人需要後悔、懊惱，才會明白，有些人是不能失去的……」耀元輕輕地說。

「你確定要在人類滅亡之際狡辯嗎？」藍云再狠狠瞪了他一眼，藍色的瀏海遮住半張臉。

「我只是覺悟了。」耀元抬頭，樹枝遮蔽，沒見到星空。

「何子緣應該不可能待到學期末才回來吧？」

「不一定，她是個隨心所欲的人。」

「唉……那該怎麼辦？這個時代的交通又這麼不方便……」

藍云無力地癱靠著椅背，雙腳挺得直直的，煩悶地伸一個懶腰，完全不知道下一步該怎麼做。很多在二〇三一年能用的方式，在二〇一二年無法執行，她待在宿舍這段時間，透過網路認識這個時代，可惜短時間內，思維不可能適應。

其實所謂的長線計畫，也不過是她在某本愛情小說讀到的劇情，進一步推敲出唱情歌這種行為，這個年代的女生或許會喜歡，但最後陰錯陽差之下讓耀元與子緣分離，是她怎麼算都算不出來的。

她情願待在實驗室內替教授計算廣義相對論中的公式，也不願意再估算人的情感了。

耀元見藍云愁眉苦臉，認為她是在擔心世界末日的問題，於是安慰道：「放心吧，我會努力存一筆錢，直接飛到莫斯科找子緣說清楚，直接請她貢獻眼淚拯救世界，妳就不用去設計一些古怪的計畫了。」

「……」藍云一愣，旋即坐起身子，「你想坦白？這樣不好吧，她、她一定會把你當成怪人或神經病。」

「沒關係，也只能這樣。」

「不行、不行，絕對不能告訴她。」

「為什麼？」

「……反正，我覺得不恰當。」藍云很堅持反對，「而且你哪有資金遠赴重洋？課業怎麼辦？」

耀元不解地問：「世界都要滅絕了，妳擔心課業？」

「……」藍云半晌說不出話，只好甩過頭去，「我是未來人，會做出這樣的決定自然有原因。」

端出未來人就是比較懂的招牌，這下子換耀元半晌說不出話，只好默默地站起來，提起音箱慢慢走回宿舍。

木製長椅上只剩下藍云與烏克麗麗。

「拜託……她真的是笨蛋欸，我怎麼可能跟他有什麼曖昧關係，唉，在我面前裝得一副看開的模樣，實際上根本就愛他愛得要死，連一粒砂都無法容忍，吃醋吃到我這邊來……有沒有搞錯啊……」

她對著天空抱怨，怨懟的語氣藏著些許笑意，笑意中帶點哀傷。

這些抱怨消散在夜風中，並沒有任何人聽見。

耀元已經走遠。

藍云趕緊抱起烏克麗麗追了上去，嘴巴大聲嚷嚷著。

「喂，等我啦！我想到聯絡何子緣的辦法了！」

張耀元 <yaoyuan1314@gmail.com>

時間2012/8/25

寄給 <696121267@mail. gongcheng.edu.tw>

子緣：

妳好，我是張耀元，很抱歉突然打擾。

雖然不知道妳會不會使用學校發給每個學生的電子信箱，但在找不到其他方式聯絡妳的情況下，我也只能去查妳的學號，嘗試寄一封信給妳。

如果妳願意的話，請打一通電話給我，或者給我妳的聯絡方式，畢竟有些事情，我沒辦法用文字敘述，還是用講的比較快也比較清楚。

耀元筆

張耀元 <yaoyuan1314@gmail.com>
時間2012 / 8 / 28
寄給 <696121267@mail. gongcheng.edu.tw>

子緣：

不好意思……妳有收到我的信嗎？可以的話，請回我信，在右上角有個「回覆」，按下去後就可以寫信了，寫完之後記得按下「送出」。

耀元筆

張耀元 <yaoyuan1314@gmail.com>
時間2012 / 9 / 25
寄給 <696121267@mail. gongcheng.edu.tw>

子緣：

一個月過去了，妳依然是音訊全無，不過還好我有去問學姊，即便她一直不太願意跟我說話，卻不經意地透露妳在莫斯科過得不錯，很順利地融入新環境，讓我排除掉「妳遇到困難才不能回信」的選項。

至於剩下的三個選項，分別是「妳根本沒用這個帳號」、「妳依然不會使用電子郵件」，以及「妳不願意回信」，我由衷希望是第一個選項，但實際上，最有可能的是第三個吧。

耀元筆

張耀元 <yaoyuan1314@gmail.com>
時間2012 / 9 / 26
寄給 <696121267@mail. gongcheng.edu.tw>

子緣：

新學期開始不久，確定有新同學要搬來跟我一起住了，我不得不搬出學校，到外面去租套房。

不知道為什麼，我連一點不捨都沒有，或許，是因為沒有妳的校園，也沒有值得我留戀的地方吧。

懷念跟在妳後面的時光。

耀元筆

張耀元 <yaoyuan1314@gmail.com>

時間2012/10/9

寄給 <696121267@mail. gongcheng.edu.tw>

子緣：

聽說五月天的世界巡迴演唱會每一站都爆滿，不知道他們有沒有到莫斯科去唱呢？假設有的話，真想拜託他們帶話給妳。

「請舞台下的何子緣小姐，趕快回信給張耀元先生。」

耀元筆

張耀元 <yaoyuan1314@gmail.com>

時間2012/10/12

寄給 <696121267@mail. gongcheng.edu.tw>

子緣：

其實我有很多事想跟妳坦白，可是基於某些事關重大的原因只能憋在心裡。

我想要改變未來，但又不能改變太多，我活得相當矛盾。

耀元筆

張耀元 <yaoyuan1314@gmail.com>

時間2012 / 10 / 29

寄給 <696121267@mail. gongcheng.edu.tw>

子緣：

最近的課程難度變得很高，我原本打算泡在圖書館努力個幾天，看能不能順利撐過這次考試，沒想到耗了一個小時發現學習效果很糟。

也許是因為我會不自覺地回憶起，過去妳在圖書館念書的模樣，眼睛會離開書本，到處搜尋根本就不在台灣的妳，這真的是很不妙的壞習慣，我只好乖乖回家準備考試了。

妳呢？在那邊還適應嗎？

耀元筆

張耀元 <yaoyuan1314@gmail.com>
時間2012/11/2
寄給 <696121267@mail. gongcheng.edu.tw>

子緣：

我今天終於忍不住去繞了一圈妳平時散步常走的路徑。

路途中我嘗試跟在幾個女生的屁股後面，但一點都不開心，覺得非常無聊。

我確定我不是跟蹤狂了。

耀元筆

張耀元 <yaoyuan1314@gmail.com>
時間2012/11/4
寄給 <696121267@mail. gongcheng.edu.tw>

子緣：

天氣漸漸變冷了，妳那邊一定比台灣更冷吧？

請多保重身體。

我現在總算能穿著長袖，不會被路人投以「這是神經病吧」的視線了。

耀元筆

張耀元 <yaoyuan1314@gmail.com>
時間2012/11/5
寄給 <696121267@mail.gongcheng.edu.tw>

子緣：

費盡千辛萬苦，經過長時間的收購，我終於買到一張五月天演唱會的門票了，跟賣家約好在台北小巨蛋面交。

老實講，我對他們沒什麼感覺，但妳似乎非常喜歡他們的歌，所以，我想體會妳喜歡的事物。

相信妳喜歡的我也會喜歡。

耀元筆

張耀元 <yaoyuan1314@gmail.com>
時間2012/11/7
寄給 <696121267@mail.gongcheng.edu.tw>

子緣：

我現在才知道，原來宗岳學長去年也是到莫斯科交流。
聽說他請了長假，飛到莫斯科去找當時認識的老朋友。
不過，我覺得他應該是想要見妳。
讓我有些羨慕。

耀元筆

張耀元 <yaoyuan1314@gmail.com>
時間2012 / 11 / 7
寄給 <696121267@mail. gongcheng.edu.tw>

子緣：

時間過得好慢。
這就是所謂的度日如年吧。

耀元筆

張耀元 <yaoyuan1314@gmail.com>
時間2012 / 11 / 10

寄給 <696121267@mail. gongcheng.edu.tw>

子緣：

最近聽到五月天這一首〈2012〉，覺得這一段歌詞真的很不錯。

再沒有時間 能去延後
再沒有後路 能去逃脫
再沒有備案 沒有逃生線索
再沒藍色天空
我突然想到 小的時候
總等著長大 去追的夢
就這麼活著 突然西元盡頭
卻沒有一件 真的去做
再看 最後一眼 青春的星空
燦爛 火光就像 盛夏的煙火
歡送 掙扎萬年 文明的巔峰
我們啊 將變星塵 永遠飄在 黑暗宇宙

二〇一二年是世界末日的傳聞，或許不是空穴來風，而是有可能發生的事實。

還好，妳可以倖免。

耀元筆

張耀元 <yaoyuan1314@gmail.com>
時間2012 / 11 / 11
寄給 <696121267@mail. gongcheng.edu.tw>

子緣：

今天發生一件怪事，原來宗岳學長跟我讀同一間高中。

不知道為什麼，他決定舉辦旭日高中校友同樂會，特地邀請我參加，地點在新竹尖石鄉，一個名為司馬庫斯的美麗地方，時間是十二月初。

在上次他誤以為我是跟蹤狂之後，我們就沒有任何交集了，他依然是系上的領導人物，我依然是個很無趣的人，實在沒想到他會很客氣地跑來詢問我的意願，還說要找齊所有讀公誠的旭日校友，來一場回憶高中生涯的青春旅行。

老實講，我的高中三年不值得回味……不，應該算是不堪回首的程度了，跟一群不太熟的人出去也很尷尬。

不過為了維繫基本的人際關係，我是不是應該參加呢？

我很苦惱。

耀元筆

張耀元 <yaoyuan1314@gmail.com>
時間2012 / 11 / 16
寄給 <696121267@mail. gongcheng.edu.tw>

子緣：

我把烏克麗麗放到網拍賣掉了。

我喜歡這種樂器，小巧、歡樂，彷彿能直接彈奏出愉悅的笑聲，當初雖然並非情願地買下它，可是後來漸漸跟它培養出感情了。

原本我只會彈一首，現在我的表演曲目已經超過五首歌了，我曾經以為自己會一直練習下去……練個十首、二十首呢。

然而，既然會說「曾經」，那就代表未來不如預期發展。

我沒負債，我也沒欠錢，會賣掉它的原因單純是「不快樂」。

最一開始我什麼都不會，慢慢按照網路的教學影片練習，心中有個明確的目標，彈起來特別積極、愉快。

很難聽，我知道，可是心裡有個盼望，聽起來會變得悅耳。

如今，當初的目標與盼望皆不存在，那烏克麗麗自然也沒存在的必要了。

我將它賣給一位感覺很靦腆的高中生，希望他會善待它。

耀元筆

張耀元 <yaoyuan1314@gmail.com>
時間2012 / 11 / 19
寄給 <696121267@mail. gongcheng.edu.tw>

子緣：

妳相信有人來自未來嗎？

先假設這不是電影情節，也不是小說作家的幻想，我會很好奇，二〇一二年到二〇三一年不到二十年時間，人類的科技真的有辦法取得突破性的進展嗎？不過哆啦A夢就是來自二十一世紀，難不成真有可能？

換個角度想，幾十年前癌症是不治之症、太空梭前進宇宙是科幻劇情，而人類在這幾年不是一一克服原本不能突破的問題、一一實現原本不可能的目標嗎？

這樣子去推論，我們無法肯定地說，時光機絕對不存在吧？

為了撫平這個長久的疑問，我時不時就會去搜尋一些相關的新聞，聽說在瑞士那邊蓋好了一座叫大強子對撞機的東西，是一個圓周二十七公里的對撞型粒子加速器，專門給八十幾個國家，八千多位科學家，進行高能物理學的研究。

這會不會是時光機的源頭呢？

我不能肯定，也不能否定。

而且還有另一個觀點也頗有意思，那就是超自然的力量。

人類有個盲點，認為無法解釋之物等於不存在。

以前的人看見打雷，以為是神明發怒，就現代的人觀點來說很可笑，那現代的人以為時空穿越是妄想，對未來的人的觀點來說，是不是也相當可笑呢？

或者，人都是在荒誕之中，找到了不可譏諷的真實。

抱歉，跟妳說了這堆廢話。

是我過得太無聊的關係。

耀元筆

張耀元 <yaoyuan1314@gmail.com>

時間2012 / 11 / 19

寄給 <696121267@mail. gongcheng.edu.tw>

抱歉，我是真的很無聊。

有太多話想說。

假設可以回到過去，妳會做什麼呢？

依妳的個性，一定會當個急公好義的英雄，到處去挽救即將發生的災禍吧，剛開始就算被當成神經病，妳依然會不屈不撓，讓即將成為受害者的人搬出未來會發生大火的房、讓即將成為受災户的人撤出未來因地震傾倒的樓。

我大概沒辦法做到妳那樣的程度，頂多先提醒認識的人避凶趨吉，能拯救的不過寥寥數人。

只是，這個時候會產生一個問題，我們干涉了自然的發展，難道不用付出任何代價嗎？

利用來自未來的記憶，去簽了一張大樂透，順利中了幾億的頭獎，這就表示，原本會獨得頭獎的人，在干涉之下獎金卻硬生生少掉一半，這樣子鉅額的損失，有可能一點影響都沒有嗎？

我覺得穿越了時空，必定不像小說、電影所描述般，可以為所欲為，成為無所不能的人。

一定有限制、一定有代價的。

耀元筆

張耀元 <yaoyuan1314@gmail.com>

時間2012 / 11 / 21

寄給 <696121267@mail. gongcheng.edu.tw>

子緣：

晚點就是五月天的演唱會了，我奉命帶著專輯與海報過去，希望能順利要到他們的簽名。

如果妳不介意的話，我寄去莫斯科給妳吧。

我現在得出門前往台北小巨蛋了，原本我並沒有什麼期待，但寫這封信給妳的時候，突然有一點雀躍，想知道上萬人一起聽歌、一起歡呼是怎樣的感覺。

說不定我也可以成為他們的歌迷。

耀元筆

台北小巨蛋。

冬天，微冷。

天黑，卻變得更亮了。

包圍小巨蛋的馬路，被長長的車龍與人龍堵塞，加油棒、車燈、路燈、廣告招牌、大型顯示螢幕、巨型ＬＥＤ燈……種種五顏六色的光芒映耀著整片天空，白天的光源由上而下，夜晚的光源由下而上，與星月爭輝。

五月天的歌迷幾乎結伴而行，有的是外國歌迷組團、有的是官方的歌友會集結、有的是朋友組成的同好會，一起來參加這場盛宴，熱鬧、歡快的氣氛以小巨蛋為中心向四周擴散。

耀元可以從歌迷身上的裝備判斷出對五月天的熱愛程度，基本版是加油棒，熱愛版是相關T恤，進階版是臉部彩繪與紋身貼紙，專家版是自製發光應援板，連舞台上都看得見的那種。

而耀元什麼都沒有，雙手空空的，表情死板，考慮要不要去買一根加油棒，可以帶回家給藍云做紀念。

想到藍云，耀元就開始搖頭，整天吵著要來聽五月天的演唱會，每分每秒都掛在網路上尋找轉讓的票，當然，黃牛票是一定有的，但價格貴了兩、三倍，即便是一般的人，有要事不能來聽而賣票，也會抬高價格賺點價差，幾乎沒有原價販售。

她又是個堅持不能讓黃牛得逞的死忠粉絲，固執地要用原價收購，求了幾個月只有一個善心人士多買了一張票想原價賣，回饋同樣熱愛五月天的粉絲。

原本藍云要來聽的，但她想了一想，站在推廣五月天的立場，自信地相信只要聽了五月天演唱會，一定會被五月天俘虜，於是她一邊痛苦呻吟、一邊故作堅強地把票讓給耀元。

之後整個人深受打擊、意志消沉、臥病在床好幾天。

「有夠誇張……」耀元還在搖頭。

他戴著一頂約定好的紅色鴨舌帽，站在小巨蛋的入口處左顧右盼，等待賣票的賣家出現。

演唱會已經快開始了，四周的人潮漸漸往館內湧入，他不免開始擔心，萬一被放鴿子怎麼辦？當初說好是一手交錢、一手交票，看似公平沒錯，但沒有什麼實質的保證，對方臨時反悔，自己也無可奈何。

這個善心的賣家是藍云找到的，聽說原本是有兩張票，只是一位朋友因故不能來才把票賣掉，耀元搓著手，稍稍驅離冬天的冷意，祈禱不要有任何變故。

「都要開唱了……」他拿出手機準備詢問藍云。

手機螢幕泛出光芒，桌布顯示的是過去和子緣逛街時拍攝的合照，每當喚醒手機一次，他就想起子緣一次，想見她，想知道她過得好不好。

可能是這樣的強烈意念，得到了神明的祝福，又或者只是單純的巧合，不過是簡單的機率問題。

緊接著，彷彿是命中註定，最不可思議的場面發生了。

「抱歉、抱歉，紅帽子先生，我來晚了，是我的班機延誤才……咦？」子緣一路從捷運站跑來，連一口氣都沒喘過，然後，愣住，忘記呼吸。

「……」耀元比她更意外，根本就說不出話，手機還舉在耳邊。

「……」子緣站在他面前，不知道為什麼鼻子變好酸。

他至少設想過一百種未來跟她見面的情況，她也至少設想過一百種未來跟他重逢的情況，一共兩百種，卻沒有一種是因為演唱會的門票，沒有，完全沒想過。

太輕易的相遇，卻更沉重，以及刻骨銘心。

耀元向來沒什麼波動的情緒顯然格外激動，一張臉憋得漲紅，憋的是思念、憋的是問「為什麼妳一聲不吭就走」這句話、憋的是「把她擁入懷中」的衝動。

子緣站得離他很近，近到想衝進他的胸膛，可是一想到他在台灣跟女朋友恩愛同居，自己卻得在天寒地凍的異鄉孤獨，就怨懟得不願再近一步，更何況對方已經有女朋友了。

愛情使人的智商降低。

附近的歌迷都已經進場，小巨蛋外的入口只剩兩個笨蛋呆站。

「請問，你們要入場嗎？」不遠處的工作人員善意提醒。

「請、請等一等。」耀元禮貌地朗聲回應，收起手機拿出皮夾掏錢，輕聲地對子緣問：「……票？」

「不賣了。」子緣扭過頭。

「可是我們不是談好面交……」

「那是我堂姊賣的，不是我。」

「已經有其他人……陪妳聽嗎？」耀元的臉緊繃，黯然。

「好幾個月前，我搶票的時候是有人陪，但現在沒了，他有女朋友了。」子緣依然不看他，賭氣。

「是喔，那賣給我吧。」

「我說，不賣。」

「裡面都要開唱了，不賣給我，妳能賣給誰？」

「賣你可以，一張三千萬台幣。」

「……這也太貴了吧！還有這個數字是怎麼來的？」

「賣給五月天歌迷是原價，賣給『對我很好，曾經保護過我、曾經和我快樂約會過、曾經讓我朝思暮想，卻有同居女友的人』是三千萬，沒錯，就是這個價。」子緣越說越氣，想掉眼淚。

「等等，妳是指我嗎？」耀元漸漸反應過來，恍然大悟。

「不然是誰？」

「我哪來的同居女友？」

「我都親眼看見了！」

「……」

「無法解釋了吧？」

「妳想聽真話還是假話？」耀元決定把自己不可思議的遭遇全盤托出，但把選擇權給她。

「當然是聽真話……不，算了……」子緣難過地抹掉快落下的淚水，「我還是聽假話就好……這樣就好。」

「她因為意外倒在路邊昏迷，我送她去醫院急診，結果沒想到腦袋受損失去記憶，不知道該怎麼回家才暫時被我收留。」

「這太離譜，就算是假話也很離譜，絕對沒有人相信。」

「是沒錯，所、所以我也強調是假話。」

「然後真話就是你愛她愛得要死，冒著被記過的風險，你也要跟她同居。」

「真話是，她來自未來。」

「……什、什麼？」

「她為了拯救人類，特地穿越時空過來，只是找不到地方住，我收留她而已。」

「……」

「只是這樣而已。」耀元非常誠懇，完全沒有保留。

「這是真話？」

「千真萬確。」

「張耀元！」子緣被氣哭了出來，雙手握拳緊緊併在腿邊，絞盡腦汁思索了最惡劣的髒話，渾身顫抖，大聲地罵出來，「王八蛋，你真不要臉！」

「我知道很難相信，但、但是……妳看哆啦A夢或者是魔鬼終結者不也是……」焦急的耀元腦袋一片混亂，嘴巴失去控制胡說八道，「有的時候卡通跟電影，未必……不會發生吧？」

「你真的知道自己在說什麼嗎？」

「不然我帶妳去見她，讓她跟妳解釋。」

「我才不要去見你的女朋友！」

「拜託，她才十六、十七歲。」

「……」

「妳、妳這是什麼表情？」

「她還未成年嗎？太噁心了，真、真的太噁心，你不要靠近我！」

「……」覺得自己多說多錯的耀元已經徹底傻住，陷入名為懊悔的深淵不可自拔。

「我看錯你了，我……我看錯你了……」子緣淚眼汪汪，無法接受。

「子緣，請務必要相信我，我還有一件事要告訴妳，聽完，或許就能夠明白整個誤會的來龍去脈。」耀元頓時嚴肅起來，打算把自己命不長久的現況說出。

「你該不會是想說自己得了絕症，所以為了把握人生最後的時光，只好跟未成年少女同居吧？」子緣忍無可忍，「要比說故事，我也很厲害！」

「……」被猜個正著的耀元只能支支吾吾地說：「不、這個……是絕症……但是、但是這個……不、不太，該怎麼說呢……同居不是……不……」

「夠了！」

「妳聽我說……應該是這樣說才對。」

「我不想聽！」子緣擦了眼淚，但眼淚又再度湧出，她重複幾次這樣無意義的動作，便放棄了，覺得在公共場所丟臉也無所謂。

「拜託妳，聽我講一下。」耀元心慌意亂。

子緣不打算聽他再說任何一個字，捂著雙耳，堅強地、勇敢地，轉頭就走。

耀元主動地拉住她的手，做最後的挽留。

走不了的子緣，甩開他，瞪了他，淚珠灑落。

耀元掀起穿在身上的外套與毛衣。

是流動的粉紅色光芒。

台北小巨蛋內的咖啡廳。

這個時段沒有客人。

沒有客人的原因是五月天正在開演唱會，上萬名消費者都沉浸在搖滾的歌曲中，不可能特地來買咖啡，更不可能內用，點了兩杯卡布奇諾，然後擺在桌面一口沒喝，任由本該帶來暖意的黑色液體冷掉……

可是店員錯了，這世界沒有什麼是不可能的。

一對男女就挑了一個角落的座位對視，咖啡已經失去冒出白煙的熱。

店內沒有播放音樂，因為五月天演奏的音量光靠幾面隔音牆根本擋不住，雖然歌聲混濁不清，失去了原本的美妙，但是足以聽清歌詞，還能跟著鼓點搖晃。

怪的是，那對男女恍若未聞，彷彿自成了一個小世界，拒絕外頭的所有紛擾。

店員一直在偷偷觀察著他們，直到被其中的男人發覺，投來冷冰冰的視線後，才摸摸鼻子去掃掃地板。

耀元原本想請店員幫忙將卡布奇諾加熱，可是不知道為什麼剛交換一個眼神，店員就跑進廚房內，似乎不太樂意的樣子。

「我可以整理一下你說的『故事』嗎？」子緣抬起頭，從混亂不堪的思緒中理出一點頭緒，特地加重語氣強調「故事」這兩字，「你聽聽看我有沒有說錯。」

「請說。」耀元雙手握住咖啡杯，希望能維持溫度。

「有一天起床，你發現自己會發光，就跑出一位藍髮的少女，告訴你得了一種絕症……」

「叫光溶症，全名我也忘了。」

「光溶症這種病會引發二〇一二年的世界末日，所以少女得到神明的幫助，從二〇三一年穿越到現在找到帶原者，希望搶先治癒光溶症，免得無解的疾病散播。」

「是的。」

「所以你們想取得我的眼淚，因為其中有特殊的鹽分能成為解藥。」

「沒錯。」

「先不管這個故事的真實性，為什麼拖到現在，你才願意把這件事告訴我？」子緣凝視著他。

「……」耀元躲開她的眼神。

「因為我不過是個系上的同學，連朋友都算不上，對吧？」
「不是。」
「那原因是什麼？」
「因為我討厭妳把我當成怪人。」
「我絕對不會。」
「嗯，抱歉。」
「為什麼道歉？」
「現在才確認，妳不會這樣看我……」耀元低下頭。
「你的確該道歉沒錯。」子緣撥了撥筆直的長髮，直接說：「我認為你遇到宣揚末日的邪教，或是詐騙集團，誆你高價買藥。」
「她不是，她是個好人。」耀元非常肯定藍云的為人，「而且她曾經短暫壓制住病情，讓我有一段時間沒有發光。」
「怎麼辦到的？」
「妳的眼淚。」
「我？」
「嗯，其實流浪貓是她找到的。」耀元說得很跳躍。
但子緣完全聽得懂，立刻回憶起咪咪在颱風夜走丟的事，還有當時因為內疚哭泣的淚水，過去的片段一幕一幕在腦海中閃過，組合成更清晰的畫面。

「你、你是從我擦眼淚的面紙……」子緣的臉蛋紅彤彤，覺得眼淚被食用很難為情。
「得經過她萃取後，才能變成藥物食用。」
「所以……你得了一種我不哭就會死的病？」
「算是。」
「你為什麼可以面不改色講出這種話啊？」
「……」耀元沒表情歸沒表情，但耳根早就燙紅了。
「結果我的眼淚真的有效？」
「是，不過藥量不足。」
「你才會發出粉紅色的光……」
「是。」
「為什麼是粉紅色？」
「我不清楚。」
「嗯……」覺得自己有些失態的子緣坐挺身子，雙手抱胸故作鎮定，檢討自己怎麼能為了眼淚這種小事感到不好意思，「我明白了，儘管還是有許多疑點。」
「有問題都能問，反正我不打算瞞妳任何事。」
「那一位自稱來自未來的少女，還、還住在你那邊嗎？」
「她在二〇一二年無依無靠、舉目無親，沒有住的地方，也沒有謀生的能力，連最基本的身分證都沒，沒辦法工作、沒辦法看醫生，我不能趕她走。」耀元低頭凝視著咖啡，雙眼逐漸失去焦距。

他能答應子緣任何事，除了傷害藍云。

子緣左右為難，無論如何她都不希望耀元跟來路不明的女性住在一起，可是她也知道他的溫柔性格，不管怎樣都狠不下心把可憐兮兮的少女趕出家門。

這是她最喜歡他的優點之一，現在卻變成不折不扣的死結。

「你最大的缺點就是毫不在意別人的看法，埋頭做著自認正確的事……當然你未必是錯的，可是你從來不嘗試讓其他人理解，直到大家都認為你是怪人，就像海市蜃樓，看似在群體之中，實際上卻離得很遠很遠。」子緣輕拍他的手背，「比方說，這個時候，你應該看我，不是看咖啡。」

「抱歉……」

「就拿這次來講，你收留的很可能是蹺家的未成年少女，假設有一天她爸媽找上門來，這很有可能讓你吃上官司，留下一個百口莫辯的烙印，你知道後果有多嚴重嗎？」

「可是我身上的光……」

「不可思議的光可能有其他成因，無法就這樣證明少女說的都是真話。」

「也不能證明她說的是假話。」

「張耀元。」

「抱歉。」

「有的時候，你真的很固執欸。」子緣上身前傾，氣惱地捏了他的臉頰。

「對不起，我就事論事。」耀元沒躲、沒動，坐得直挺挺，臉變形。

他們在五月天的音樂中消沉，互相僵持，一時之間誰都沒有退讓，其實事情沒有誰對誰錯，僅僅是出發點不同，擔心的角度不同，面對腦袋跟石頭一樣頑固的男人，考驗著子緣的智慧……

「對了！」她打了一個失敗的響指，難以掩飾地欣喜道：「未來少女是不是只要阻止世界末日就可以回去未來？」

「是。」

「世界末日的原因是光溶症，所以只要搞定光溶症，她是不是就會回去未來？」

「是。」

「光溶症的解藥是我的眼淚，只要我能提供一定量，就能幫助她達成任務，她就可以心滿意足地回去未來吧？」

「是。」

「如果我給了足夠多的眼淚，她還是不回去未來，是不是就證明了她在騙人？」

「可能是……」

「很好。」子緣斂起笑容，眉毛擠成一團，無比嚴肅地板起臉，開始嘗試讓自己進入哀傷的情緒，「我馬上哭給你看。」

剛好五月天唱到了名曲〈溫柔〉，若有似無的悲傷氣氛在蔓延，隨著歌曲慢慢演進、隨著歌詞帶入情境、隨著歌聲絲絲入扣……子緣回想起當初一個人痛徹心扉地離開台灣，在人生地不熟的莫斯科，連找到下榻的旅館都花了好幾個小時，完全沒有任何人在自己身邊，無依無靠，懷著情傷。

她可以哭出來整個浴缸的水，將自己溺斃在化為液體的悲愴中。

好冷，孤孤單單的，像被整個世界拋棄，當時只有一台隨身聽、只有這一首歌陪伴著自己，不斷地提醒失戀這件事有多麼地痛苦，她把自己關在廉價的旅社，失魂落魄地哭了好幾天，完全不敢去回憶和耀元相處的點點滴滴，整個人像是報廢了，再也無法振作。

會提早一段時間到莫斯科去，就是不想讓其他人看到自己變成這樣子。

如果不是因為堂姊擔心，威脅她沒有去大學報到的話，就要帶著一家子人飛到莫斯科去，才不得不拖著筋疲力盡的身體，開始新的生活，逼自己活過來。

如今再聽到這首歌，那種被挖空的痛苦又回來了，近乎自虐地回憶與耀元相隔千里……

悲意累積。

子緣不小心瞄見耀元正好奇地歪著頭打量自己，彷彿在觀察什麼不可思議的表演，過去累積的種種不甘與哀愁瞬間一掃而空，在心中吶喊著「怎麼會這麼可愛啦」，然後吃吃地笑了起來。

悲意消散。

「……妳不是要哭嗎？」耀元低聲問。

「還不是你害的。」子緣覺得慘了。

自己的情緒反應，根本被對方牢牢掌控在手中。

他要她哭就哭、要笑就笑。

哭笑不得。

「話說演唱會門票這麼珍貴，沒進去聽不是很浪費嗎？」耀元指指牆壁，歌聲傳來的方向。

「還不是你害的！」

「牽我的手。」

「為什麼？」

「如果那個少女跟你沒有曖昧之情，為什麼不能牽？」

「說得也是。」

「這種牽法是在帶老人過馬路喔？」

「牽手還有分嗎？」

「有，我們手指頭要交扣才是標準動作。」

「原來如此，好。」

「牽起來感覺如何？」

「沒什麼感覺。」

「……」

「感覺不錯。」

「……」

「感覺相當好。」

「你就只有這種爛形容嗎？」

「抱歉……」

「以後多牽就原諒你。」子緣面紅耳赤的，恨不得將長髮梳到前面，學貞子遮住整張臉，免得被看見臉紅。

「好。」耀元依舊面無表情，可是毛衣與外套下的粉紅色光芒比雷射還強。

他們手牽著手，在台北的某個人行道上，走得好慢好慢……演唱會散場了，完整的票還在子緣的口袋內，或許自己特地大老遠飛回來，沒入場欣賞五月天的表演，但她卻享受了朝思暮想、夢寐以求的事。

耀元只是狐疑，明明坐捷運就可以直達公誠大學，為什麼子緣要堅持走很遠去搭公車？

人行道的路燈識相地壞了，不願意當個電燈泡，可是天幕的月與星沒得選擇，依然發出薄薄的銀光照亮他們的前路。

「想哭了嗎？我杯子準備好了。」耀元提醒。

「現在沒感覺……還是你打我兩拳。」子緣提議。

「辦不到。」

「好吧，我會盡力。」

「嗯。」

「我們分開這麼久，你有沒有什麼話要訴說的……說不定，我會被你感動到，順利地放聲大哭喔。」

耀元認同這個提案，試探地問：「妳都沒收到我寄的信嗎？」

「是……電子郵件嗎？」子緣一愣，臉色起了變化。

「嗯。」

「欸，我也正想問你，你、你為什麼都沒回信啊！」子緣停下腳步，看著他。

「我？妳確定是寄給我？妳確定是寄電子郵件，不是跨國郵件嗎？」耀元被動停步，看著她。

「當然是啊，我又不是笨蛋，早學會寄電子郵件了好不好！」子緣從口袋掏出堂姊淘汰不要的ＨＴＣ野火機，有些驕傲地在他面前晃一晃，「現在我也邁入智慧的時代了。」

「……」見她臭屁的模樣，耀元有些難以適應，「恭、恭喜妳……」

「我特地請教過專家，申請一個谷歌帳號，摸索一陣子之後，總算能收發自如，明白寄信、收信是不用郵資的欸。」

「等等，所以妳沒開過學校的電子信箱嗎？」

「要怎麼開？」

子緣的一個反問讓耀元頓時語塞。

「所以你也沒收到我的信嗎？」

「沒有，妳是把信寄去哪了？」

「你的電子信箱呀，系上的通訊錄有寫，是這一個吧，『696121041@mail.gongcheng.edu.tw』。」

「這個就是學校的啊……」耀元懂了，因為當初系上的通訊錄是同學自行上網登記資料，如果沒有填寫，系統就會直接顯示校方的電子郵件，這才被子緣查詢到。

問題是，根本很少學生在用，耀元就沒開過幾次。

他趕緊從口袋拿出手機，迫切地想收到子緣的信。

「等一下，你想幹嘛？」子緣遮住耀元的手機螢幕。

「收信。」

「你……不要收了。」

「為什麼？」

「很怪啊，你、不准收。」

「恕難從命。」耀元高舉起手機，進入公誠大學官方網站。

「你很卑鄙！」子緣靠在他身上，不斷地跳高，卻因為天生的身高劣勢搶不到手機。

耀元輸入帳號及密碼。

「不要看，給我、先給我啦！」

耀元成功登入信箱頁面。

「哪有這樣子的！」

叮叮叮……

手機發出的提示聲，響個沒完沒了，響徹整條無人的人行道。

「這是、這是……我不小心按錯而已，不小心的……」

手機自動載入信件，未讀信件一共一〇三二封。

「……」耀元看傻了眼，擔心手機會當機。

無地自容的子緣恨不得找個地洞鑽進去，問題是不可能臨時找到個洞鑽，於是她乾脆放棄似地抱住耀元，把整張發燙的臉埋進不算厚實但可靠的胸膛。

一千多封信，耀元都不知道該從何看起。

「那是、那是因為寄信不用郵資……我才、才多寄了幾封……」她害臊地說。

既然不知道從何看起，那不如看著懷中的女孩，耀元第一次明確地感受到心裡有某種情緒在沸騰，產生緊緊抱著她的衝動，然後端起她的下巴，溫柔地親吻水潤的唇。

沒想到子緣先抬起頭，微微張嘴發出濕的唇息，雙眼迷濛且含情脈脈地凝視著耀元，壓抑幾個月的感情已經無法再壓抑，好想踮起腳尖，把自己的臉湊上去。

但是，太過主動一定會嚇到他的……子緣抿著嘴，選擇忍耐。

同樣地，耀元也很努力地忍耐，子緣的氣還沒消，如果貿然地親下去，先不說法律問題，自己可能被討厭一輩子。

絕對不能被她討厭！

絕對不能嚇到他！

他們在這種時候，莫名其妙地心意相通，原本相交的視線錯開，一個默背起數學公式、一個回憶恐怖小說的劇情。

彼此沉默了整整三分鐘。

「……其實有一點我很不解，妳為什麼不乾脆打電話給我。」耀元緩緩放下手機，「現在用通訊軟體打電話也不用錢。」

「你是有女友的人，我還是得守基本的道德。」子緣是第一次知道原來通訊軟體可以打電話。

「那這些信？」

「是朋友之間禮貌的問候。」

「一千多封？」

「……我、我是比較有禮貌的人，不可以嗎？」

「原來如此。」

「對了。」子緣退出他的懷抱，把自己的手機塞給他，「我也要看你寄給我的信。」

「……」耀元捧著手機，終於明白這是很尷尬的事。

「快點，替我登入。」

「……」

「快喔！」

「密碼給我。」

「我不清楚。」

「預設是妳的身分證字號後五碼。」

「四六〇七一。」

「嗯……」耀元登入信箱後，想起這三個月來自己寄的蠢信，有按下刪除的衝動。

可惜被子緣看穿，早先一步搶了回去。

「才這幾封……真是沒禮貌的人。」她笑著抱怨，立刻閱讀起來。

像是女孩迫不及待拆開男友送的禮物、像是妻子迫不及待拆開丈夫寄的家書，期待的情緒統統寫在臉上，站在人行道中央，全神貫注。

長久以來讀小說養成的快速閱讀能力，讓她在短短幾分鐘內，接收了耀元的想法，甚至在字裡行間中讀到他害怕失去自己的恐懼，心裡有點捨不得還有點竊喜開心。

但是，總不能表現得太明顯。

「咳，我大概明白你要傳達的意思了。」

「明白就好，等妳們見面，就會知道我沒說謊。」耀元希望讓她與藍云見一面。

「另外，校友同樂會，我希望你參加。」子緣在微笑，這是深思過的建議。

「怎麼……突然提到這個？」

「現在離同樂會沒幾天了吧？趕快去聯絡學長報名。」

「我覺得很無趣。」

「就算無趣也應該去。」子緣握住他的手，解釋道：「宗岳學長是個熱心的大好人，他默默地幫助同學以及對系的全心奉獻，是所有人公認的好好先生，就算他曾經冤枉你是跟蹤狂，現在也試著透過這樣的邀約對你道歉示好。」

「示好？」

「很明顯吧，你看不出來嗎？」

「看不出來。」

「你不擅長處理這種人際關係我清楚，但不經一事、不長一智，這麼好的訓練機會不應該錯過，何況跟學長打好關係絕對有利無害，相信我吧。」

「嗯……」耀元還是沒什麼意願。

「剛好司馬庫斯的特產，我很想要喔。」子緣像在哄小孩。

「這麼剛好？」

「是呀，放心，會給你運費。」

「妳明知不是錢的問題。」

「反正我想要，幫不幫我買？」

「……開張清單吧。」

「嗯，這樣才乖。」

子緣狡黠地露齒壞笑，牽起耀元的手往公車站跑去，以免趕不上最後一班。又忽然放慢了腳步，覺得趕不上也沒關係。

藍云穿著睡衣坐在子緣的床上。

表情不能說是不高興、也不可能是不滿意，只能說是過度的失落又過度的驚喜，兩種非常極端的情緒綜合平均，變得不上不下異常複雜的情感反應，甚至有一點點想哭。

目前的發展完全在她的預計之外，到底算好的發展還是壞的發展，目前也理不出一個頭緒。

五月天演唱會當夜，她聽見耀元回家的開門聲，歡天喜地地關掉筆記型電腦，急忙到門前迎接，立刻漾起興奮的笑，嘴裡嚷嚷：「怎麼樣？已經成為五月天的腦殘粉絲了吧！」

可惜她的笑就在家門開啟的瞬間凍結，取而代之是一種難以言明的感傷。

耀元的身旁跟著另一個女人。

子緣的突然出現破壞掉她原本的生活。

經過協議，藍云得搬出耀元租的套房，暫時先安置在子緣的住處。

因為和堂姊一起住的關係，子緣的居所，本來就是兩房一廳的規格，多住一個人沒有問題，更何況子茹出了遠門，而過段時間子緣也要回去莫斯科，床位又會空出來。

老實講，藍云很不想搬，可是經過子緣善意地解釋，她就明白自己不搬不行。

如果她從未來穿越到現代，目的是治癒光溶症，那當然要離解藥越近越好……

任何的不願或辯解都會顯得她之前在說謊。

今天一大早，沒有課的耀元又拎著三份早餐來按電鈴了。

經過這段時間的相處，他對於藍云的飲食習慣瞭若指掌，愛吃什麼、討厭吃什麼一清二楚，怕她換了一個新環境不適應，一有空就跑來送餐，順便進屋坐坐，看看她過得怎樣。

只是這一次沒這個機會，子緣接過早餐，過分親切地笑容中帶點酸意，跟耀元道謝再道別，說了一句「今天是女孩子的談心時間，男生禁止」，就慢慢地將門關閉，留下一頭霧水的男生發現自己沒早餐可吃。

子緣將三份早餐放在客廳，直接走進自己的臥室，打量著認識不久的少女，無論如何就是討厭不起來。

第一次見是在校園內，她睡在木椅上，第二次見是男舍外，她生病就醫，第三次見是在耀元的寢室，這也符合三次相遇的緣分嗎？她不確定，但她就是對這個女孩產生親切之感。

獨特的金屬藍染髮，的確相當有未來感，一雙明亮的眼眸沒有半點雜質，清澈得充滿聰慧，有幾分古靈精怪，最獨特的是一點都不怕生，很快就適應了新的環境，對人沒任何戒心……抑或，她早就肯定沒人會傷害自己，才能表現出如此悠然自得？

她猜不透她。

「我們試過了催淚排行榜前三的韓劇，也嘗試過三本主打虐心的小說了……現在要試？」藍云揉揉雙眼，精神有些不濟。

有些黑眼圈的子緣無奈地說：「不知道……我本來淚點就高，很難哭出來。」

她沒說的是，眼淚已經在剛到莫斯科的那幾天哭光了。

「妳太幸福了，當然哭不出來。」

「如果用疼痛或刺激眼睛的方式呢？」

「先不說耀元不會原諒我……實際上非感動情緒下分泌的眼淚，連一丁點藥效都沒有。」

「是嗎？」

「嗯……」

「我突然想到一個辦法，妳誠實回答幾個問題，說不定我就會哭出來。」子緣的語調變得不同。

藍云看著比自己大幾歲的女人，覺得意外地點頭道：「沒問題。」

「好，我準備一下。」子緣從櫃子翻出一包未拆的衛生紙，坐在梳妝台前，大口地喘幾口氣，「希望妳不要騙我，一定要真實才有效。」

「可以。」

「妳也喜歡他嗎？」

「……這也太直接了。」

「為了拯救世界，已經沒有時間可以拖延了，對吧？」

藍云躲開她充滿醋意的視線，垂下頭苦笑，感嘆愛情真的能改變一個人，依她向來睿智、大氣的形象，居然憂心忡忡地問出連狗血韓劇都演不出來的台詞……然而可笑歸可笑，其實，自己又何嘗不是被改變了？

「沒有啦，妳想太多了，我們就像……嗯，父女一樣。」她哈哈大笑，反而有點心虛。

「那他……喜歡妳嗎？」子緣問出最關鍵的問題，「你們住在一起這麼久……他有沒有暗示妳……什麼之類的？」

「我說有的話，妳會直接哭出來嗎？」

「……」

「可能會。」

「有，他常常暗示我要不要交往之外，還曾經偷看我洗澡換衣服。」
「太假了，我哭不出來。」
「嘖。」藍云咂嘴，感到可惜。
「抱歉，明明比妳大幾歲，我卻表現得很幼稚。」子緣趴在化妝台上，悶聲道：
「這樣患得患失的樣子，很醜陋吧？」
「我只是有點意外。」
「那妳有聽過比翼鳥的故事嗎？」
「聽過很……不，我沒聽過。」藍云挖挖耳朵。
「那我告訴妳吧。」
「請說。」
「很久很久以前，有一種鳥叫做比翼鳥，天生有嚴重缺陷的動物，只有一隻眼睛，一隻翅膀，沒有辦法隨意翺翔，成日站在樹枝上，痛苦地眺望著天空。不能飛對於鳥來說，大概是世間最悲哀的事了。」
「真慘的鳥。」
「不過其中有一隻比翼鳥，牠想到了一個辦法，自己少了左邊翅膀與左邊眼睛，那是不是只要找到少了右邊翅膀與右邊眼睛的同類，兩隻鳥靠在一起，就能夠起飛，彌補遺憾，自由自在地活在天空當中？」
「結果呢？」

「這是很久很久以前的故事，牠們少了誰都不行，生生世世常相廝守。」子緣頓了頓，直接地說：「而我的故事還沒有結果……」

「嗯。」聽完故事的藍云輕輕地應了聲。

「我是一個為了飛，可以不顧任何代價的人。」子緣雖然是在對她說話，但更像在對自己說話，「我覺得，自己有缺陷，他也有缺陷，我們在一起很適合。」

「他的缺陷？」

「不能說是缺陷，頂多只能說是缺點。」

「我大概懂了……」

「總之，我這輩子沒他不行，對我來講，如果不是他，那我永遠一個人，或者行屍走肉地隨便嫁一個人都無所謂。」

「看得出來。」

「妳大概會覺我是個神經病……我會這麼坦白，那是因為我不想說謊，不願虛偽地說些『無所謂』、『下一個人會更好』、『沒有他我也行』，這、這種自己騙自己的話，何子緣這輩子就認定張耀元了，從頭到尾都沒有退路，也沒有第二種選擇。」

「我清楚了解妳的希望了。」藍云一改沉重的表情，一派輕鬆地說：「現在只要解決光溶症，天下就會太平，我會回去未來，你們可以過著像童話故事般幸福快樂的日子。」

「妳……真好，我很抱歉……」

「不要道歉，這個時代太落後了，我過得相當煎熬，何況在二〇三一年，我還有自己的家人、工作、學業，也沒辦法在二〇一二年待太久。」
「妳不會捨不得他嗎？」
「如果耀元沒死於光溶症，未來我們會再見面的。」
「嗯，到時候請務必來找我。」
「放心、放心，一、二十年後，我還有很多忙要請你們幫。」藍云發自內心地燦笑。
聽到她這樣說，子緣總算是放下心中的大石，原本這幾個月，明顯感覺到自己越來越不像自己，笑容少了、食量少了，嘆氣多了，發呆的時間多了，會刻意不看有愛情成分的小說，會在意每對與自己擦肩而過的情侶，然後羨慕。
如今，先不管藍云說的話有多少真實度，光是藍云展現出的坦蕩態度，就讓子緣恢復一些過往的神采。
「對了，妳剛剛說耀元有缺陷，這點我大概明白，那妳的缺陷是什麼？」藍云竊聲問。
「我……我的占有欲比較強一點……」子緣也很坦白。
「感覺得出來……嗯。」藍云努力憋笑。
「要笑就笑吧，反正我什麼都告訴妳了。」不知道是交換了彼此的秘密又或者是天生兩人投緣，子緣幾乎敞開心房，毫不保留自己善妒、醜陋的一面。
原因大概是一種直覺，她認為自己與藍云的緣分還會延續。
「對了，還有一個問題。」

「妳的問題真多欸。」

「這裡的另外一位住戶呢？」

「她叫子茹，是我的堂姊兼學姊，放心，她人很好，這幾天就會回來。」子緣走出房間，拎起耀元買的早餐，一邊覺得甜蜜、一邊傷透腦筋。

這種情況下，永遠哭不出來怎麼辦？

才依教授的指示，驅車去南部的姊妹校辦事，子茹順利達成任務，一回到家便發現這個世界變化得太快，自己已經跟不上。

因為自己不能陪堂妹去看演唱會才多出來的票，居然碰巧賣給了那個混蛋怪人張耀元，更不可思議的是，堂妹不知道是被催眠還是洗腦，糟蹋價值幾千的票不入場，還跟那個混蛋怪人張耀元解開了誤會？

拜託，都金屋藏嬌了，還能有什麼誤會？

這個怪人之所以額外被冠上混蛋之名，正是他都有女朋友了，還對子緣糾纏不休、不三不四，現在怎麼會三天兩頭就往家裡跑，一下子送早餐、一下子送宵夜，不停地獻殷勤？

「還有，這個才是最離譜的……他的女友居然住進家裡……」

子茹坐在路面與人行道的高低落差，額頭不斷地撞擊擺在雙膝上新買的蘋果平板電腦iPad 3，像是透過自虐的動作讓頭痛紓緩，9.7吋顯示器收到觸控指令不小心播放出影片，那是公誠大學男舍的監視器錄影。

十二月初的大學校園內，蕭瑟且帶著冷意，雖然不到寒流那種十度以下的低溫，但已經需要厚外套保暖。

子茹悶著一肚子氣，眾多的不甘無從宣洩，只能喃喃自語道：「堂妹真的是個白痴，完全忘記當初失戀的痛苦，連台灣都待不下去，執意提早跑去冰天雪地的國家受苦，現在傷口好了就忘了疼，連一點自主判斷能力，都徹底被張耀元剝奪……為什麼偏偏要喜歡這個怪人，對妳一片痴心、條件又佳的宗岳會比較差嗎？唉，目前這樣的發展，就算找到白光俠也沒用了吧。」

是的，就算知道白光俠是誰也沒意義。

但白光俠是誰，已經成為她的執念……一種沒有理由的堅持。

況且距離真相只差一步，子茹很肯定白光俠就住在男舍三區的一樓。

前陣子，她跑到男舍去找舍監，要調泰利颱風當晚的監視錄影，沒想到好死不死被刪除了，可是颱風前一天、颱風後一天的影片都正常，就偏偏是颱風當天，剛好是白光俠出現的晚間時段被刪除。

濃濃的陰謀氣味。

引起她濃濃的好奇心，開始尋找男舍附近的監視器。

也不知道是不是巧合，男舍旁邊即是圍牆，圍牆之外就是大馬路，大馬路安裝各種居高臨下的監視器，有一、兩支可以拍到圍牆之內，不過得找轄區派出所才能調閱。

她依規定前往派出所填寫申請調閱的單據，理由是寵物遺失……大概是這個理由太糟糕的關係，許可拖了好久才下來，直到今天收到電子檔，仔細地看過監視器影片，明確可以確定，有一大團白光在狂風暴雨中進出男舍三區的一樓位置。

一樓，也不過四間寢室。

子茹站起身來，用力拍拍臉頰，抱持著一線希望，說不定自己為愛盲目的堂妹知道白光俠是誰後能夠清醒，認知到怪人畢竟是怪人，遠遠比不上為善不欲人知的白光俠。

她踏進男舍，跟幾位認識的朋友打打招呼，順利到達東區的領域。

一眼望去，一層，一條走樓，四道門，四間寢室，白光俠就在其中。

第一間，她不需找理由敲門，裡頭兩位學弟表示颱風當晚已經跑回家，並沒有住在學校。

第二間，一個學弟好高、一個學弟好胖，體型與白光俠差太遠。

第三間，她還沒敲門，門已經主動打開了……

「學姊……妳怎麼跑來男舍？」揹著背包的耀元有些意外。

但子茹更是意外得讓手中的iPad 3差點摔落地，呆若木雞地半晌說不出話，腦袋自動將白光俠與怪人的外型交疊，在體型上的確是相當吻合，但在感情上一時無法接受。

「妳是要找學弟們嗎？他們在裡頭。」

「喔喔喔喔，太好了！你不住在這裡吧？只是剛好跟我一樣來找人？」

「嗯，我已經搬出校了，之前有東西忘記帶走，拖到今天才來拿。」

「所以……你上學期住在這……」

「是。」

子茹的臉色相當難看，像是渴了三天沒水的受難者，好不容易找到一灘液體卻是腥臭的尿。

「學姊，如果沒事的話，我就先走了，宗岳學長在校門等我。」

「你們……要去哪？」

「搭遊覽車到司馬庫斯，替子緣買一些特產，黃金水蜜桃、那羅香草純露、原住民木雕鑰匙圈。」耀元毫無表情的臉，藏有一絲絲幸福的笑意。

「你在泰利颱風當晚……算了、算了。」子茹有氣無力地拍拍他的肩。

「那我走了。」

「喂，等等。」

「怎麼了？」

「謝謝你……」

「我也謝謝學姊借我的傘。」

耀元告辭，準備前去參加校友同樂會。

子茹卻拖著沉重的腳步走進寢室，隨便找張椅子就坐，正在打電動的學弟被嚇到死於野怪之口、正在上鋪打盹的學弟被嚇到醒過來，搞不懂為什麼有個陌生女子闖入，還擺出一副「不要吵我」的樣子。

怪人等於張耀元等於白光俠……這一串等式讓她很難接受又不得不接受，只好呆愣地滑動手中的iPad 3，重複播放這段時間收集到的錄影，拼湊出白光俠在颱風夜的行徑。

他提著白光探照燈，在風雨中衝出男舍，一路奔到校門口過大馬路進小巷，遇見正在找貓的子緣，沒過多久子緣被垃圾桶擊中昏厥，他奮不顧身地抱起她，穿梭於危險，面對隨時有磁磚、招牌、樹枝飛來的困境，順利保護她平安，移動幾個街區，回到居住的公寓。

子茹有些感動，但感動的不是這些宛若電影場景危機重重的過程。

而是感動，耀元是專程去的。

從他出門再到回男舍的路徑就能判斷，他不是順便、意外、碰巧救了子緣，而是特地去找子緣，目的非常的單純明確，就是「他擔心颱風夜的子緣會不會遇到問題」。

僅僅為了一個擔心就不顧危險出門，彷彿不親眼見到她平安自己就不能心安。

很難得，很珍貴。

再重播一次耀元頂著狂風和強雨，那緊張焦慮又急促的步伐，便再一次證明子茹的推論。

不知道想了多久、發了多久的呆。

「難怪……堂妹會這麼喜歡他。」她下了結論。

說人，人到，說堂妹，堂妹的電話到。

子茹掏出外套口袋的手機接起。

另外那頭傳來子緣彷彿遇到生命危險的求救。

「我累了，得睡幾個小時。」藍云的黑眼圈越來越深了。

昨夜，子緣跑去買宵夜順便去百視達租電影DVD，說這片《再見了，可魯》是這十年來著名的催淚神片，根據真人實事而著的小說改編成同名電影，劇情是講述拉布拉多犬「可魯」，聰明伶俐善解人意，經過漫長辛苦的訓練，成為一條稱職的導盲犬。

牠遇見討厭狗的盲人，但是透過認真、負責的表現，一次又一次克服盲人的厭狗之心，一人一犬總算成為合作無間的夥伴，可惜好景不常，盲人漸漸衰老，已經到了人生末期，回顧與可魯的點點滴滴，認為自己沒有遺憾，準備說出著名台詞……

子緣看得眼眶泛淚，那真摯動人的情感，令她差一點悵然落淚。

結果，好死不死，耀元發訊息過來，她一收信點開隨即嫣然一笑，完全沉浸在粉紅色的泡泡中，幸福得一點點瑕疵都沒有，可憐的盲人白死一場，眼淚沒見到半滴。

熬了無意義的夜，藍云的精神狀態自然不佳，抱著一團棉被準備窩在沙發睡。

「今天耀元去郊遊了，早餐我們得自己解決。」子緣站在沙發邊，充滿歉意地戳戳藍云的臉頰，「跟我說想吃什麼，我去買，妳繼續補眠。」

「隨便都好。」

「嗯，睡吧。」

出門前子緣刻意關掉客廳的燈，讓藍云比較好入眠，可是客廳依舊灰灰暗暗的，冷冷冰冰的……導致藍云睡得並不安穩，蜷起四肢，蹙緊雙眉，很快地做了一個夢，一個少婦還活著的夢。

夢，是繼續之前的夢。

不管空氣清淨機如何消除的消毒水味依然存在，從整片落地窗灑進來的陽光卻無論如何都無法壓抑裡面的陰晦，這裡是病房，生死交關的地方，就算布置得再溫馨、再典雅，都不能夠減少隨時生離死別的事實。

藍云僵硬的身體慢慢放鬆，緩緩地坐回病床邊的椅子。

少婦躺在病床上，被咆哮打斷的愛情故事說到一半，她的瞳孔變得混濁，比屍體更了無生氣，彷彿重新度過了這輩子最痛不欲生、最心如刀割的時期。

藍云為自己剛剛過度反應的咆哮道歉，

「抱歉，剛剛我以為妳是要說那個人……對不起，是我誤會了。」

「沒關係。」少婦輕撫藍云的下巴，以幽默、有趣的口吻述說自己初戀的故事，一直到某個關鍵段落，「總之，故事已經發展到最驚險、最高潮的階段，我的情路總算是遭遇阻礙了。」

「先休息一下，晚點再講啦。」藍云沒好氣地說。

「如果我不說完的話，總覺得……死了也不能瞑目。」

「……好，說吧、說吧。」

「沒問題……接下來的劇情是發生在司馬庫斯，一處宛若人間仙境、世外桃源的景點。」少婦的微笑瞬間變得扭曲，很難再用置身事外的角度描述這段不幸，「現在回頭想一想，是我的錯……我就不應該託他買什麼黃金水蜜桃……是我的錯……大錯特錯。」

「到底是發生什麼事了？」藍云的心一糾，擔憂地問。

「整輛遊覽車意外滑落於山谷……死了很多人。」

「……」

「他的運氣很好，也很不好。」

「怎麼說？」

「他僥倖活了下來，算是運氣很好，可是左腿截肢、臉部燒傷毀容……算是運氣不好。」

「然後……呢？」

「終生不良於行，性情整個一百八十度大轉變，從司馬庫斯的意外活下來，卻讓他像是變了一個人，自閉、自卑、易怒、焦躁，封閉了自己，與所有人斷絕往來……一夕之間，好好的大男孩，彷彿落進了深淵，再爬出來時，已經分不出是人是鬼。」

「可是妳依然喜歡他，要跟他在一起。」

「我……」子緣深深地嘆息，吐出帶有無盡後悔的氣，繼續說：「妳也知道他是個天才，一個被自己埋沒的天才，當他越排外、越封閉，不再迎合社會、不再刻意融入群體，宛如在逃避一場永遠不醒的惡夢時，他全心全意地投入數學中，獲得無比的學術地位。」

「難怪，他會是我們研究所的所……」

「嗯，這就是他付出的代價，夠慘、夠痛，所以得到的也就越多。」

「……」藍云的臉色鐵青。

「冥冥之中的平衡，命運真的好恐怖。」子緣以親身經歷說出特別有說服力。

「你們，為什麼會變成這樣子？」

「因為黃金水蜜桃呀。」子緣自嘲地笑了，但被口水嗆到，「咳咳咳咳、咳咳咳咳咳、咳咳咳……」

「妳等等，我拿水。」藍云連忙站起，踮高腳尖要拿……

飲水杯，就擺在顯示「病患：何子緣」的螢幕前。

藍云驚醒了，坐在沙發上，脖子沁出冷汗，心臟跳得很快，瞳孔放大輕顫。

為什麼自己會忘記這麼重要的事？

辛辛苦苦地穿越到二〇一二年，如果這樁慘事沒有被阻止，一切的辛苦將會失去所有意義。

司馬庫斯遊覽車滑落山谷的事件，說是導致自己不幸的關鍵契機也不為過，在二〇三一年還特地搜索過相關資料，二〇一二年的十二月初，一輛乘載二十二人的中型遊覽車在前往司馬庫斯的山道，因為煞車失靈倒退滑落十二公尺深的山谷，含司機一共有十三人罹難、十人重傷。

耀元就是重傷的人之一。

後來他的性格因此大變，直接影響了子緣的命運，也同時影響了自己的命運。這麼重要的事，為什麼自己可以忘記？

「快、快點……打電話給他，要他下遊覽車！」藍云突然大喊：「快一點，得快一點！」

子緣嚇一大跳，嘴巴的飯糰嚼到一半。

「他們可能已經到司馬庫斯，再慢就來不及了！」藍云再一次強調。

「發生什麼事嗎？怎麼睡醒就……」

「遊覽車會發生車禍，耀元會毀容、會殘廢。」

子緣見她恐懼的表情不像說謊，可是好端端的怎麼可能說車禍就車禍？

「因為我來自未來啊。」藍云猜到她的疑慮，「不然妳先打電話，由我來解釋。」

子緣把手機交給藍云，藍云迅速找到通訊錄裡的「另一半的比翼鳥」，撥出電話……然而，可能是山區收訊差、可能是剛好沒電，並沒有順利接通。

一連打了幾次，一樣無人接聽。

「我們直接去司馬庫斯吧，一定要趕在他們之前！」藍云握住子緣的手。

子緣反握藍云的手，柔聲問：「妳先不要緊張，告訴我到底發生了什麼事？」

「我不是說了，會發生嚴重的意外。」

「妳怎麼會知道？」

「我真的來自未來！」

「證明給我看。」

「媽，妳真的很固執！」

「妳說、什、什麼東西？」

「別懷疑，我是妳的親生女兒，如果你們不能幸福地在一起的話，那一切都完蛋了啊，所以我絕對不會騙妳，假使現在可以進行基因檢測，馬上就會證明我沒有說謊，可是，我們已經沒有時間了。」藍云扯下幾根藍色的髮絲，放進裝早餐的塑膠袋，「等回來再補驗，請妳先相信結果是真的。」

「……」

「現在不是發呆的時候，快點醒醒。」

「妳是我……女兒？」連男朋友都沒交過的子緣實在不能接受忽然多出一個女兒

的狀況。

「妳聽好！」藍云像是在背誦歷史編年一般，一條又一條說出子緣的基本資料，基本的生日、星座、血型，連進階的專長、興趣、嗜好、口味、怪癖……全部正確無誤地說出來。

子緣渾身都起了雞皮疙瘩，恍如在這個女孩面前，自己是赤裸裸的，沒有一點點隱私。

「妳的左邊乳房內側，有一顆小小的黑痣。」藍云再無保留。

「等等，為、為什麼……」子緣雙手遮住胸口，窘迫地護衛最後一點隱私，因為自己平時穿著保守，除非是浴室被偷裝針孔攝影機，否則這顆痣是連堂姊都不知道的存在。

「打電話叫計程車吧！快點！」

「不……計程車太慢了。」

子緣還是不太相信有人穿越時空，就連努力地流淚也是想證明藍云在編故事，光溶症不能被自己的眼淚治癒的話，那其他的謊言自然不攻自破。

即便是藍云現在說的，還是有許多漏洞破綻，包括胸部的痣，自己的母親知道，就有可能是母親說漏了嘴。

不過，萬一藍云的預言正確，即便發生的機率很低，跟被雷劈到一樣低……

她依然賭不起。

她不能冒著任何一丁點失去耀元的風險，一丁點都不行。

馬上打電話給子茹。

「什麼?!妳要我偷開教授的車?」

「堂姊，快點，時間緊迫，不要多問，直接開來家裡接我們。」

「教授借我車，是要我到南部的姊妹校跑腿，雖然車還沒還，但是偷開出去會被罵死欸。」

「現在人命關天，教授會體諒的!」

「這……」

「快!」

「好吧……」

子茹掛掉電話，連忙奔出男舍，到研究所附設的教職員停車場取車，一路往自己家駛去，馬上就看見藍云與子緣已經在樓下等，車都沒熄火，就立刻依藍云的指示，往司馬庫斯的方向開。

「如果我們要追上遊覽車，最少要維持在六十到九十的時速。」坐在後座的藍云強力建議。

「拜託，這裡是市區，等等是山區耶。」剛拿到駕照的子茹反駁。

「堂姊，聽她的。」坐在副駕駛座的子緣拍拍堂姊的肩。

「……不要碰我。」

「是真的很緊急。」

「沒人告訴我是哪裡緊急啊。」

「等到達目的地一定會告訴妳，只是現在事情太複雜，妳先專心開車吧。」

「……」

「堂姊！」

「我不管了啦！出事妳負責！」子茹踩下油門，引擎發出高速運轉的嘶吼。

藍云不客氣地拿出放在後座的包包內，那台嶄新又效能一流的ｉｐａｄ３，充當人體衛星導航，依自己過去查詢有關司馬庫斯遊覽車事故的記憶，透過地圖尋找出耀元可能的失事地點。

山路相當崎嶇，左彎右繞像是進入不斷上升的迷宮，為了怕在救人之前變成被救的對象，子茹還是放慢了車速，全神貫注在方向盤、油門與煞車。

從車窗望出去，景色相當美致，司馬庫斯不愧是被喻為人間仙境的地方，即便尚有一段車程還沒到達，就已經有鬼斧神工的自然美景可欣賞，只是車內三人，一個注意路況、一個連撥電話、一個盯著地圖，完全沒辦法分心。

如果是來觀光的，她們會樂在其中，但耀元命懸一線，她們的緊張早大過一切情緒。

「快要到了，估計一公里左右。」藍云挺有把握。

「妳確定嗎？」子茹猶疑。

「確定……因為那段上坡路旁邊是山谷，符合意外發生的場景。」

「意外？喂，妳們，到底是什麼意外啊？」

「遊覽車……」子緣往擋風玻璃一指。

真的有台遊覽車停在上坡路的中央不動。

子茹停車，依然一頭霧水，不明白這台遊覽車不是好好的嗎？需要救什麼？

子緣與藍云急忙下車，大聲喊著耀元的名字。

就在這個時刻，彷彿為了呼應預言，這輛藍色中型的遊覽車開始往後退……往後退……一直往後退……

「快點下車！」子緣聲嘶力竭地喊。

藍云透過車窗，看見司機一臉詫異，像是在手忙腳亂地重起引擎，冀望獲得動力往上爬坡，不至於被地心引力拖進山谷內。

可是熄火的引擎就像燒盡的火柴，無論怎麼點都沒有反應，遊覽車向後滑的速度越來越快了，彷彿迫不及待地想墜入深淵。

無可挽回。

這不是電影，這是現實，子緣與藍云面對這樣的龐然大物，根本想不出任何解救的辦法，就算她們天縱英才，真如冒險電影的女主角反應奇快，但是，距離遊覽車滑落山谷，剩約莫五秒鐘的時間。

這五秒鐘能做什麼呢？

除了尖叫，什麼都做不到。

「司機，快棄車啊！」藍云試圖去拉遊覽車，但一點意義都沒有，雙手、雙腳都摔得破皮流血。

五。

四。

三。

二。

一。

一聲巨響，響徹整個山嶺。

金屬車廂扭曲變形的咔嘎聲，樹木被碾斷的劈啪聲，駭人聽聞。

遊覽車就像變魔術一般，消失在所有人的眼中，只餘塵煙。

藍云雙腳一軟，癱坐在凹凸不平的路上，忽然領悟了一個可能。

會不會未來根本就沒辦法改變？

悲劇永遠註定是悲劇，不會有任何逆轉的可能。

還是付出的代價不夠，不夠換一個平平凡凡的未來。

假設這個世界上真的有神明的話，一定也是一位錙銖必較的神明，冷酷、無情，說一是一、說二是二，沒有半點商量的餘地，以這樣子的態度堅守著世界平衡，不允許有人作弊用穿越時空的方式，去修正可悲的命運。

一切都白費了，說了那麼多的謊、騙了那麼多的人，完全沒有意義。

藍云放聲大哭，像個孩子哭得一把鼻涕、一把眼淚，怪自己在這幾個月來待得太過安逸，遺忘十二月初會發生的災厄，她為耀元感到不捨，情願是自己滾下山谷。

「妳不是說他不會死嗎？」子緣很鎮定地拉起她，「頂多是毀容、少了一條腿而已，還有得救啊！」

「嗚嗚哇……嗚嗚……」藍云哭得不能自已，眼睛都看不見東西。

「好險，呼、呼呼……嗚呼……」在最後一秒鐘跳車的司機餘悸猶存地躺在地面喘息，公司發的制服變得破破爛爛。

「快點打電話叫救護車！」子緣朝司機喊。

「放心，我沒有事，只是得打電話回公司挨罵了。」

「先叫救護車！」

「是先叫拖吊車吧？」

「是救護車！」

「為什麼？」

「車上這麼多的乘客等待救援，你還問為什麼！」

「沒有，整台車只有我啊。」司機一頭霧水，完全不懂這兩個女的在緊張什麼。

「只、只有你？」藍云目瞪口呆，淚水與鼻涕仍在滴落。

「……」子緣呆若木雞，「你、你說什麼？」

「是啊，那群大學生剛剛在車上大打出手，後來不知道是看到鬼還是怎樣，好幾個放聲尖叫、亂罵髒話吵著要下車。」司機站起來，拍了拍屁股，「我雖然有點疑慮，但巴不得他們快滾，就立刻停車開門讓他們走，沒想到逃過一劫。」

「疑慮？」子緣聽到疑點。

「他們下車的速度像背後有鬼在追，害我不得不到車廂檢查，什麼都沒發現，車子的煞車突然失靈……再來就……唉，麻煩了，公司那邊又會有一大堆調查、檢討、報告，這段時間停牌可是沒薪水……我兩個兒子……」司機開始抱怨運氣不好，一連串地說一大堆。

可是子緣早就沒聽了，直接追問：「那群大學生呢？」

「步行上山，進司馬庫斯部落了……啊不就是他嗎？」司機指向上坡。

上坡走來的人，因剛剛巨大的聲響而回頭查看。

他是耀元，衣物有些凌亂。

除了有幾分狼狽外，其餘都沒問題。

「謝謝你……平安無事。」藍云喜極而泣，緩緩地閉上雙眼，彷彿得到救贖。

子緣遠遠地見到他，再三確認四肢健全，身體部位沒有半點缺失，還能夠小跑步過來，吊在心中的巨石，無比巨大又無比沉重的巨石才總算是平安地放下，眼眶的淚水匯聚。

她緊咬著下唇，死死瞪著逐漸靠近的耀元，在隨著山風舞動撩亂的長髮之下，眼眶蓄積的淚水隨著繃到極限而顫抖的身軀灑落，所有壓抑的情緒在這秒鐘奪眶，嘩啦嘩啦地淚如雨下。

原本怎麼樣都哭不出來的子緣，才驚覺自己的淚腺有多脆弱。

「妳怎麼自己一個人跑到這裡？」耀元來到子緣面前，顯得有些不知所措，想找張面紙或手帕替她拭淚。

距離夠近了，子緣掄起拳頭在他胸膛捶了幾下算是給一個教訓，隨後整個人貼上去全心全意地擁抱他，宛若再也不願意失去他，無法再承擔失去他的風險。

「妳怎麼哭成這樣……」

「還不是你害的。」

「抱歉，妳要的紀念品還沒買。」

「現在是說紀念品的時候嗎？」

「我有點搞不懂，妳怎麼會突然跑來這裡？剛剛的巨大聲響是怎麼回事？」找不到面紙、手帕的耀元心疼地用指腹抹掉她的眼淚。

「藍云說你會發生嚴重的車禍，所以我們才跑來救你啊。」

「所以妳跟學姊一起來……」耀元瞧見停好車的子茹跟司機站在山崖邊對談，

「等等，這代表妳終於相信藍云來自未來。」

「她說她是我的女兒。」

「……女兒？」
「不知道為什麼，我覺得她沒說謊……」
「藍云是妳的女兒……女兒嗎？」耀元相當震驚。
「好像是。」
「妳跟誰的……」
「廢話。」子緣嗔道：「當然是你啊！」
「我、我……嗎？」
「你再用疑問句，信不信我推你下山谷。」
「喔，喔喔，是我沒錯。」
「對，是你！」
「所以我未來會娶妳嗎？」
「不然呢？你想始亂終棄嗎？」
「沒有，我只是驚訝……都還沒交往就跑出個女兒……」
「那就現在開始交往啊！蠢蛋！」子緣一邊罵、一邊抱住他。
「嗯，好。」耀元仍像根木樁，沒辦法反應過來。
「你說的喔，不可以反悔。」
「不會。」
「永遠不會嗎？」

「永遠不會。」

聽到這樣的承諾，子緣滿意地笑了，發自內心地笑了。

耀元平安無事，兩人又有了結果。

如果不是附近有人，還需要維繫一點面子的話，子緣早就像小鳥一樣飛上天，開心地大吼大叫，對這片美好的山林宣示，全世界最幸福的女人就在這裡。

而耀元癱瘓的臉部肌肉總算開始作用，似乎想明白「交往」這兩個字代表的意思，後知後覺地張開嘴笑，非常誇張的笑容，好像把這輩子少笑的，一次統統笑回來，還發出類似「哈哈」的怪聲。

兩人的周圍發出不可見的粉紅色光芒，宛若有巨大的泡泡包覆著。

奇蹟發生，未來被改變了，有情人終成眷屬。

「欸，你們要吵架、要告白都沒關係，不要黏在一起好嗎？」心裡為他們感到高興的子茹，還沒走近就開始吐槽，「現在先搞清楚這台遊覽車發生什麼事吧。」

「對啊，到底是誰在車上吵架？」子緣差點忘了。

「我。」耀元回憶起剛剛的事……

原本只是一趟很正常的同學會，但耀元一上遊覽車就察覺到不對勁。

因為就讀同一所高中，同學的程度都差不多，再加上地緣位置接近，往往會出現很多同班同學考上同一間大學的現象，耀元就讀的旭日高中幾乎每一屆都有不少人進入公誠大學，或同系或不同系，常常有私下的聚會。

宗岳身為大四學長，理所當然是這個聚會的組織者，這次到司馬庫斯的同樂會正是他舉辦的，找的全是在高中時認識耀元的同學。

高中生變成大學生，看似只差了短短的兩、三年，外觀卻有了明顯的改變，一改過去死板的制服，男生有了展現個人特色的髮型，服飾可能專門穿知名的潮牌，性格漸漸外向，開始懂得怎麼和女生相處。

女生的變化更是巨大，更懂得打扮自己，讓自己展現出最美好的那一面，揮別過去的天真爛漫，能夠從容地處理男女關係，談吐與氣質有了成熟的蛻變，穿著的服裝時常不經意地小露一點性感。

好像只有耀元沒變，依然是個公認的怪人。

整車的同學竊竊私語，目光有意無意地瞄向他。

遊覽車出發，氣氛開始熱烈，染著金髮的學長主動跳了出來，手持麥克風，主持著活動，一個一個指定同學們站起來說說近況，是不是單身、有沒有對象之類的。

耀元原本已經不記得這位金髮學長，是聽到他油腔滑調的說話方式，才想起來這個外型高高瘦瘦，綽號叫「金毛」的學長，原來也就讀旭日高中，是屬於人脈廣闊、熱愛交友的類型，很會說笑話逗女生開心，還曾經用腳踏車大鎖敲自己的頭。

最晚上車的耀元只能坐第一排座位，就在麥克風設備的旁邊，也就是在金髮學長旁邊。

利用接近一百九的身高，竹竿由高而下地對耀元笑問：「欸，你那個怪人病到底醫好了沒？」

整車的人突然靜下來，包括宗岳。

他得知子緣喜歡的人是耀元，這位平常低調古怪的學弟，默默地傷心了一陣子，無論怎麼想都想不透，自己到底是輸在什麼地方，最後只能找人談談，一起出來喝酒澆愁。

宗岳把一切告訴過去高中同班，現在也是同系的同學，金毛完全不敢相信，坦白地告訴這位很照顧自己的朋友，經過縝密的打探得知，張耀元在班上就是被孤立，完全沒朋友的怪胎，平時就一個人待在座位，在一大疊計算紙上亂塗些數字與符號，不跟任何同學交流，是超噁心、超詭異的怪人。

聽他說完，宗岳已經無法分辨，究竟是捨不得子緣跟這種人交往，還是自己竟然比不過這種人太過可恥，當晚喝得一塌糊塗、醉得不省人事，一邊大罵、一邊大哭，失態得相當徹底。

睡了一天恢復神智的宗岳在金毛的建議下，邀請耀元參加校友同樂會，對他來說耀元是同高中的人，自然就有參與的資格，如果刻意排除，反而顯得自己是個卑鄙小人。

可是，金毛的心思很簡單，他想替朋友出口氣，也想重溫高中時叱吒風雲的樂趣……學弟不過是小弟，被孤立的學弟就是被羞辱也不敢怎樣的小弟。

宗岳到現在才察覺到金毛的目的，他站起來，從後觀察耀元的反應。

而耀元的反應就是沒有反應。

「喂，你是沒聽見我的問題嗎？你的怪人病到底好了沒？」金毛拿麥克風敲耀元的頭頂，「每個人都要介紹近況嘛，可不可以合群點？可不可以？可不可以？可不可以？可不可以……」

每問一次就敲一下，像是沙彌在敲木魚，喇叭發出砰砰音效，逗趣的模樣惹得整車的人發噱。

「亞斯伯格症，沒有辦法治好。」耀元淡淡地說：「我的症狀輕微，不需要醫治。」

「那你的塗鴉跟鬼畫符呢？」金毛笑得更盛。

「那是物理數學，現在已經克制住，沒有再算了。」

「喔？為什麼呢？」

「上大學，新的開始，我不想再被當成怪人。」

「噗，哈哈哈哈，但你還是個怪人啊，整個旭日高中，隨便打聽都知道。」

「請不要再敲我的頭了。」耀元依然淡淡地說。

「你都敢搶別人的女朋友，我教訓你一下會怎麼樣嗎？」金毛敲得更快了。

「說真的，怪人就是怪人，怪胎就是怪胎，再怎麼裝也不會變成正常人啦！」

砰砰砰砰砰砰，悶響。

若有似無的竊笑聲與車窗外的山風鳥鳴，都在耀元的耳朵內迴盪，回憶起高中時代的不堪回憶，像在提醒他沒變，什麼都沒有改變……

是真的沒有改變嗎？

從小耀元就覺得自己與所有人格格不入，他無法聽懂別人口中的話中有話、無法接收旁人眉眼間傳遞出的真實情緒、無法判斷自己什麼時候該說什麼，抽象點說就是他對不上其他人的頻道，簡單來說就是「白目」、「怪異」。

有時候專心起來，會完全杜絕外在的影響，宛若將自己和世界之間蓋了一道無形的牆，導致不管是怎樣的團體，耀元都很難融入，到後來更是乾脆逃避，一心一意地算起數學，不願再煩惱該怎麼與人相處。

因為數字太簡單了，一就是一、二就是二，不像人，說好有可能是不好、微笑有可能是壞笑。

但是，情況越來越糟，他到高中被欺壓得更嚴重。

直到考上大學，他下定決心不能重蹈覆轍，再也不拿筆與筆記本投入單純的公式世界，改掉這樣子的壞習慣，強迫自己參與系上活動，盡量不要去拒絕同學的邀約，縱然很辛苦、很痛苦，可是人際關係有在改善，也從中學習到更多與人交流的方式。

於是，耀元自認自己有很大的改變。

「有個人，教會我，只要願意，未來是可以改變的。」

他抬起右手，一把抓住麥克風，將其砸在地上，喇叭發出咖的長音，刺激所有人的耳膜。

「有個人，給我一把遮陽傘，教會我，要習慣接受好意。」

竹竿愣住，沒想到向來不吵不鬧甚至沒表情反應的耀元會反抗，回過神之後是被羞辱的憤怒，「怪人，他馬的敢不給我面子！」

「有個人，要我去抓蟑螂，教會我，恐懼不過是一種情緒反應，沒什麼可怕的。」

耀元持續自言自語，像是回憶、像是感激，又像是條列出遇到藍云之後自己變了多少，用平淡且沉穩的語氣，回應學長的問題。

「有個人，逼我在路上唱情歌，教會我，不必怕丟臉，連傳達自己的情感都不敢，才是真的丟臉。」

「你找死啊！」

「有個人，教會我，偶然相遇三次，就是一種緣分，所以要珍惜每一次相遇。」

「到底在說什麼，操！」

「有個人，教會我，經過後悔、懊惱，才會開始明白，有些人是不能失去的。」

後方金毛的三位好友等不到司機停車，惡狠狠地罵著髒話，沿著車廂走道，要到第一排座位去給耀元難看。

「如果這些都不算改變……」耀元緩緩站起來，淡淡地說：「如果要當個正常人就得迎合你們而改變，算了，我當怪人無所謂。」

他沒打過架，他也知道一個人對四個人，根本是挨打不是打架，即便如此，心中依然沒有畏懼，和高中的時候不一樣。

「反正有個女孩不嫌棄我。」

原本是想幫宗岳討口氣的金毛，沒想到耀元居然敢反抗，面子整個掛不住，惱羞成怒地破口大罵，先發制人地雙手拉扯耀元的衣領，要將他拖到走道中央壓制。

眨眼間，鮮紅色的光芒如血噴濺了整個車廂。

紅，忿忿不平的紅色。

光芒在流動，彷彿有生命般呼應耀元的憤怒，散發出猶如直接從地獄複製來的紅色。

彷彿見到鬼的金毛鬆開扯壞耀元衣物的手，另外三位義氣相挺的好友，立即止步不前，失去了勇氣。

人對未知的事物感到恐懼，特別是劍拔弩張的緊繃時刻。

面無表情的耀元，很像剛殺完人的惡魔，明明是冷酷，但鮮豔的紅色卻令人不得不聯想到殘酷的鮮血淋漓。

不知道是誰破音喊出：「停車！司機快停車！」

遊覽車司機以為車上真的大打出手了，怕有人拿出武器或爆裂物，可能會出什麼意外，緊急踩下煞車，同時開啟前、後車門讓乘客下車，耳朵聽見不少「這到底是什麼啊？」、「這到底是光還是血？」、「為什麼會發出光！」、「怪物！是怪物！」、「好可怕，下車，大家快點下車！」

宗岳拖著屁滾尿流的金毛逃跑，臉色蒼白地說：「你果然……不正常……」

一整車剛剛還說說笑笑的大學生轉眼間連滾帶爬地下車，司機離開駕駛座走到車廂查看，與穿上外套的耀元擦身而過，仔細搜查全部的座位，找到不少垃圾與遺落的失物，就是沒找到疑似爆裂物的發光物體。

沒過多久，整台遊覽車開始向後滑行，司機重回駕駛座控制，顯然為時已晚……

司馬庫斯之旅，連司馬庫斯都沒抵達就宣告失敗。

落入山谷的遊覽車鬧上了新聞，公司也請專家查清真相，確認是煞車失靈，因機械損毀發生意外，反正沒有鬧出人命，沒過幾天就風平浪靜了，司機一樣工作、公司一樣營運，載著更多人前往世外桃源遊玩。

可是當時在車上發生的駭事，沒這麼容易劃下句點。

太多人看見耀元身體發出的詭異紅光，金毛、宗岳找上了教官室，言之鑿鑿地表示耀元是異常的怪物。

教官雖然不太相信，但宗岳的形象極佳，不曾欺騙師長，外加當時在車上的證人太多，他不得不帶人去耀元的住所查證，看看他是不是真能發出如血流成河般的紅光。

結果，當然是沒有。

耀元裸了上半身，肌膚就與常人相同，硬要挑出毛病，就是不常運動過度，白得不太健康。

教官當場訓斥宗岳與金毛，再帶他們回教官室問清楚為什麼要開這種玩笑，兩人啞巴吃黃連，根本不知道該怎麼辯解，尤其是宗岳瞧見子緣投過來的厭惡眼神，整顆心碎了好幾塊。

子緣也在，她直接告訴教官自己跟耀元交往中，連看都沒多看宗岳一眼，過去敬重的學長形象已經徹底崩塌，現在對她而言，宗岳就跟陌生人沒有兩樣。

被教官搜身的過程中，耀元的心思完全不在這上面，被羞辱、被霸凌、被質疑……統統沒關係，因為他有更在意的事，自己被怎樣對待根本不值得一提。

他們在乎的是，忽然消失的藍云。

藍云就在遊覽車失事的地點憑空蒸發了，耀元甚至以為她沒來。

時間倒轉回二十一個小時前。

他們與子茹幾乎找遍能找的地方，不眠不休從司馬庫斯找回公誠大學，反覆地找了好幾趟，連個影子都沒找到，讓人難以接受。

原本耀元還想爬下山谷，看看藍云是不是跟遊覽車一起墜落，但被子緣和現場負責吊掛的工程人員阻止，爭執不過後遺憾地放棄。

最後，只能寄望藍云的窩會有線索。

耀元與子緣趕回家開始翻箱倒櫃。

沒想到真的在她的衣櫃中找到一張便條紙與白色的耳環。

便條紙上是一段網址，白色耳環是她平常在戴的，與黑色耳環成對。

從網址下載一段影片，播放，影片是藍云嬉笑揮手的樣子。

「嗨，耀元，當你看見這段自拍，代表我已經達成目標，回到二〇三一年了，所以請別緊張，也不要試圖找我，別白白浪費跟我媽……跟何子緣戀愛的時光，我跟你講啦，女生很容易吃醋，尤其是她，根本是醋罈子。」

他們擠在筆記型電腦的螢幕前，看著活靈活現的藍云說話，像是她還住在這裡沒有離開。

子緣紅著臉，連忙否認道：「我、我哪裡有？別聽她亂講。」

「我得先跟你坦承二〇一二年不是世界末日，這個說法完全是馬雅人在唬……不是，是騙子穿鑿附會的，我只是、只是……順水推舟而已，呵呵，抱歉。」螢幕內的藍云搔搔藍色的短髮。

「那光溶症……」耀元疑惑。

「當然光溶症也是我編造的，你身體會依情緒反應發光，單純是服用了我們未來很流行的藥『光彩刺青』，基本上未來的年輕人，肌膚都會有光芒，就跟刺青、穿耳洞一樣平常，用來展現自我風格，當然，此類的藥市面上有幾十、幾百種的光彩特效可選，我就不多介紹了，重點在於要怎麼消除效果，對吧？」

「……」耀元一想到整個夏天的苦難，表情逐漸無奈。

「想消除吧，呵呵，求我呀。」

「……」

「立刻衝去吻何子緣一口，我就告訴你方法，快去、快去。」
「……」
「好啦，不要擺出一副生無可戀的模樣了，我大發慈悲告訴你啦。」
「這到底誰家的女兒……」子緣偷笑幾聲。
「要消除很簡單，只要把這塊『金屬藥劑』泡水。」藍云將髮絲勾於耳際，露出白色的金屬耳環，「便會產生乳白色的藥汁，連續喝個七、八天就會徹底消除，懂了吧，記得要喝喔。」
「我懂了，她另外一耳的黑色耳環，所浸泡出的藥汁就會讓人發光，當初，一定是混在KTV送來的飲料，所以我才會喝進去。」耀元想起第一次碰見藍云的前一晚，「可惡，就這樣拐我上當。」
「欸，你幹嘛跟女兒嘔氣？」子緣不滿意，連忙去倒杯水，把白色耳環扔入。
「妳怎麼能確定她沒說謊？」
「母親的直覺。」
「……這是什麼？」
「反正我家一定找得到她的頭髮，到時候和我驗個DNA就能證明，欸，你快點把藥喝一喝，將影片看完。」子緣催促。
耀元按下空白鍵，螢幕內的藍云又繼續說道：「至於會騙你淚水才是解藥……純粹是我想不出更好、更直接的辦法，讓你去接觸何子緣，誰叫你們大概是我見過最、最最最最最神經大條的人，明明就喜歡對方，卻一直不願踏出一步，不斷地錯過、錯過又錯過，簡直是快要搞瘋我了！」

「說的就是你這傢伙！」子緣同感憤怒。

「一聲不響就跑到莫斯科的人，居然……」

藍云的雙眸慢慢黯淡，嘆氣道：「唉……你要是沒順利跟何子緣在一起的話，未來、未來會變得很不堪，你、我、她沒有一個會是幸福的，鬱鬱寡歡、毫無希望，終日沉浸在無比悲哀的生活中等死。」

耀元與子緣同時靜下來。

「懂嗎？你們不要再錯過彼此，讓悲劇再度重演。」

他們察覺到她的不對勁。

藍云就這樣在鏡頭前定格了好幾秒鐘，像是再重新承受一遍，那充滿詛咒、謾罵、家暴、虐待的日子，然後從不堪的回憶驚醒過來，再第無數次感受深刻的恐懼，如附骨之蛆揮之不去。

她對著鏡頭，勉強地笑了笑。

「愛情自始至終都很簡單，不過一個契機，愛情自始至終都很複雜，在於怎麼延續……我能夠提供一個契機，但是，延續就要靠你自己了。」藍云注視著鏡頭。

耀元也注視著螢幕。

「何子緣……是我這輩子最重要的人，雖然是個3C白痴，個性偏執不討喜，又愛逞強，遇到不好的事只會自己默默承擔，不願意帶給旁人麻煩。」藍云想起臥病在床的媽媽，「但她還是內心纖細柔弱的女生，很需要你的照顧，拜託，請你一定要善待她。」

「誰、誰柔弱啊，我可不承認。」子緣有些害羞地別開臉，耀元藉機握住她的手，象徵一段不語的承諾。

「如果你敢背叛她、外遇、找小三、出軌、拈花惹草……我一定會再穿回二〇一二年跟你算帳的！聽到沒？」

「你聽到女兒說的沒？」

「嗯，聽到了。」

「你們的未來一定會遇到很多困難，彼此或多或少會有爭執，可是請不要氣餒、不要放棄，重看一次這段影片，我就是你們付出心力，所得到的幸福結果，請務必理解，我的存在，即是證明。」

聽見藍云的篤定，耀元和子緣相視一眼，獲得了永遠在一起的自信。

「最後，不要因為暫時的別離傷心，幾年的時間轉瞬就過了，快得不可思議，二〇一二到二〇三一，僅僅是一個眨眼。」

耀元向來死板的表情有了變化，茫然得不知道該怎麼解釋自己視線模糊、鼻子發酸的狀況。

「等我。」藍云眨眨眼睛，留下一句意味深長的話。

影片結束。

西元二〇一三年，一月。
世界確定沒有末日。

西元二〇一三年，八月。
耀元決定重回數學的懷抱，考上第一學府的物理研究所，數理方面的天分開始大放異彩。

西元二〇一五年，八月。
耀元與子緣結婚。

西元二〇一五年，十月。
耀元的長女出生，取名為藍云。
子茹第一時間認為乾女兒。

西元二〇一五年，十二月。
宗岳痴痴追求子緣未果，性情大變，走不出情傷，染上酗酒的壞毛病，被送進療養中心。

西元二〇一七年，三月。

耀元與子緣前往高雄觀看五月天演唱會，圓夢。

西元二〇一九年，三月。

耀元前往美國攻讀相關科系博士學位。

西元二〇一九年，七月。

耀元的次女出生，取名為藍雨。

從此，他們一家四口過著幸福快樂的日子。

未被改變的，西元二〇三一年，十二月。

「我不想聽，有關於那個人的一切我統統都不想聽！一個字都不想！」

病床旁，藍云激動地站起，躺在床上怕吵到別人的子緣趕緊安撫。

「不是、不是，我的愛情故事很美好，才不是跟妳想的那個人。」

「不是？確定不、不是嗎？」

「當然不是，我要講的，是我的初戀喔。」

「妳還有初戀？喔，妳是說我們研究所的所長。」

「我也是談過一場甜美青澀的戀愛好嗎？」

「那妳為什麼會嫁給那個人？為什麼？」

「因為……我自暴自棄、自甘墮落。當時，他車禍重傷跟我斷絕往來，宛若失去整個世界的我一點都不同情他，甚至恨他，想著怎麼作賤自己來報復他。」

「然後，妳就嫁給……」

「嗯，這是一場沒有人幸福的終極悲劇，無論是我、是他、或是後來嫁的那個人，統統陷入了泥沼，所以那個人……妳父親，無論怎麼羞辱我、傷害我，我也會忍耐，畢竟當初結婚，完全是我製造的悲劇。」

「媽……」

「連累妳，對不起。」

「如果有一個機會，可以改變歷史……妳會想修正過去錯誤的選擇嗎？」

「不想。」

「為、為什麼？」

「擁有如此龐大的力量，就要付出相同龐大的代價……妳就應該好好聽我講講《猿之手》的故事。」

「……這到底是怎樣的故事啊？」
「猿之手是一個可以實現三個願望的寶物，可是願望實現的人，都付出了慘痛的代價，妳想修正過去，是打算怎麼修正？」
「我如果順利回到過去，當然是要想盡辦法湊合妳跟初戀呀，依我對你們的認知與個性的掌握，絕對有無數的手段讓你們相親相愛，從此過著幸福快樂的日子，請放心，就交給我吧。」
「然後呢？」
「這是奇蹟耶，從此過著幸福快樂的日子妳還不滿意呀？」
「傻瓜，過去改變了，我沒和那個人結婚，那妳不就不存在了嗎？要產生這樣的奇蹟，所要的代價我可付不起。」
「可是，能過著幸福快樂的……」
「少了妳，哪還有什麼幸福快樂。」
「可是……」
「妳嘴裡的奇蹟，對我而言才是莫大的悲哀。」
子緣摸摸女兒的臉頰。
「比起失去妳，現在的我根本不算痛苦。」

（全書完）

［後記］

二〇三二年世界沒有毀滅

從國中時入手五月天的第二張正式專輯《愛情萬歲》，成為他們的粉絲之後，轉眼間已經快要二十年。

在當時，我絕對不可能想得到他們能出到第九張正式專輯，奠定台灣第一樂團的地位長達二十年之久，中間不知道多少優異的樂團崛起、不知道多少不足的樂團泯滅，唯有他們到截稿時的二〇一九年，仍不減半點風采。

光靠過去的老粉絲相挺，有可能歷久不衰嗎？不可能的。

五月天能一直走下去是因為自身持續突破，吸引更多的新粉絲加入，才能維持不退色的榮光。

不進則退。

這個道理除了勉勵自己之外，我開始提出問題「那二〇三一、二〇四一年……五月天會是怎樣的狀況呢？」

就以這個問題為出發點，我漸漸構思出了這篇故事。

啊，人生就是這麼神奇呢。

鼓點：指鼓上的一擊或敲擊聲，亦指管弦樂隊中打擊樂聲部的節拍鼓點與鼓這個「鼓點」並非是鼓發出的。

解釋：鼓上的一擊或敲擊聲，亦指管弦樂隊中打擊樂聲部的節拍。

國家圖書館出版品預行編目資料

我得了一種她不哭就會死的病 / 啞鳴 著 .-- 初版 .-- 臺北市：平裝本． 2019.07 面；公分（平裝本叢書；第 488 種）（＃小說）

ISBN 978-986-97906-0-4（平裝）

863.57　　108008945

平裝本叢書第 488 種
＃小說 03

我得了一種她不哭就會死的病

作　　者—啞　鳴
發 行 人—平　雲
出版發行—平裝本出版有限公司
台北市敦化北路 120 巷 50 號
電話◎ 02-27168888
郵撥帳號◎ 18999606 號
皇冠出版社（香港）有限公司
香港銅鑼灣道 180 號百樂商業中心
19 字樓 1903 室
電話◎ 2529-1778　傳真◎ 2527-0904
總 編 輯—許婷婷
責任編輯—張懿祥
美術設計—嚴昱琳
著作完成日期— 2019 年 2 月
初版一刷日期— 2019 年 7 月
初版三刷日期— 2024 年 3 月
法律顧問—王惠光律師

讀者服務傳真專線◎ 02-27150507
電腦編號◎ 571003
ISBN ◎ 978-986-97906-0-4
Printed in Taiwan
本書定價◎新台幣 260 元 / 港幣 87 元